周瑟瑟
主编

中国当代诗歌年鉴

2021 卷

黄河出版传媒集团
阳光出版社

图书在版编目（CIP）数据

中国当代诗歌年鉴.2021卷/周瑟瑟主编.－－银川：阳光出版社，2023.12
ISBN 978-7-5525-7183-7

Ⅰ.①中… Ⅱ.①周… Ⅲ.①诗集－中国－当代 Ⅳ.①I227

中国国家版本馆CIP数据核字(2023)第235863号

中国当代诗歌年鉴.2021卷　　　　　周瑟瑟　主编

责任编辑　谢　瑞　陈建琼
封面设计　晨　皓
责任印制　岳建宁

黄河出版传媒集团
阳光出版社　出版发行

出 版 人　薛文斌
地　　址　宁夏银川市北京东路139号出版大厦（750001）
网　　址　http://www.ygchbs.com
网上书店　http://shop129132959.taobao.com
电子信箱　yangguangchubanshe@163.com
邮购电话　0951-5047283
经　　销　全国新华书店
印刷装订　宁夏凤鸣彩印广告有限公司
印刷委托书号　（宁）0028018

开　　本　710 mm×1000 mm　1/16
印　　张　21.5
字　　数　300千字
版　　次　2023年12月第1版
印　　次　2023年12月第1次印刷
书　　号　ISBN 978-7-5525-7183-7
定　　价　98.00元

版权所有　翻印必究

当代诗歌的午夜

周瑟瑟

有一年深秋午夜,我与母亲从镇上看戏回家,月光将大地照得亮堂堂。那时我大约六七岁,我第一次见到比白昼还要明亮的月光,我惊讶午夜居然比白天明亮。大地上的每一处细节都羞涩地裸露出来了,水渠里的鱼儿露出嘴巴,树叶闪烁,地上的落叶与天上的夜云被月光放大了无数倍,天地在一个少年眼里展现了另一番景象。

40多年过去了,我能清晰地记起少年午夜的每一个细节。记忆如一面铜镜,随着时间的流逝,铜镜牢牢地留住了那个午夜。

关于当代诗歌,我们有过很多模糊的或清晰的记忆,与生命同步的写作,它每一次变化都与生命有关。

当代诗歌的午夜沁凉如水,经过了白昼的躁动,晃动的人影消失了,世界安静了下来。我端坐镜中,回忆当代诗歌发生的诸多细节。

人声鼎沸,阳光暴烈,我们来到众人面前,很多人的面孔,像盛开的向日葵,他们面部表情夸张,从张大的眼睛里,我看到了他们的渴望与亢奋、怀疑与困惑。当我们念出一行诗,人群骚动,有人小声议论:"这是什么意思?""这是诗?这就是诗。"当我们不断读诗,不断强行向众人输送诗的声音,有人大喊:"好!"有人骂骂咧咧,有人怒然离场,有人嬉皮笑脸,有人沉默不语。

当代诗歌遇到过的尴尬或光荣的时刻,我们都不会忘记。任何的厌恶与喜爱都是命中注定,都是当代诗歌发展历史中真实的表情。在夜深人静的午夜时分,我坐在镜中,仔细辨认当代诗歌的每一副面孔。

从历史的面孔里，可以看到我们的写作有过太多激烈的时刻，并且从镜中可以听到当代诗歌高亢的腔调，像暴烈的阳光砸向大地。曝光过度的当代诗歌，语言因为承载了过多的意义而充血肿胀，节奏因为内部的气息淤塞而失控。

狂欢是当代诗歌的基本特征，语言的狂欢，节奏的狂欢，导致当代诗歌总体处于急行军的状态。急，十万火急！这是当代诗歌的前线不断传来的消息。我们处理掉一个问题，又有新的问题冒出来，在问题中急行军。狂欢的队伍打着火把，每个人脸上闪烁着汗水与泪水。

当代诗歌在不同的阵容出现了不同的问题，有的问题很快就解决掉了，有的问题无人搭理，成为诗歌的历史问题，并且最终被抛弃。我们往往在当代诗歌行进的队伍中看不清彼此的面孔，很多人的写作都是模糊的，清晰的只在少数。不管在什么时候，只要诗人内心一乱，队伍的脚步就更是乱作一团。

《中国当代诗歌年鉴》2021年卷打破此前的编选构架，试图以更加接近当代诗歌内心的方式进行了新的划分。我端着一面铜镜，从铜镜中看清当代诗歌的精神面目。我看到了"午夜的雄辩：实验写作"、"生命的奇迹：后口语写作"、"青铜的光泽：先锋写作"、"闪电的道路：异质写作"、"水与火的交响：民间写作"，当代诗歌五幅巨大的面孔在铜镜中闪现。

现在重新审视这五幅面孔，我才发现他们都是坚硬的、高亢的、激烈的。虽然有生命的奇迹与水的柔情，但掩盖不了"午夜的雄辩"、"青铜的光泽"与"闪电的道路"，坚硬如水是当代诗歌的理想状态。

第一辑"午夜的雄辩：实验写作"，我认为有必要重提实验写作，这些年来我们有意或无意不再谈论实验写作了，甚至从当代诗歌内部清除实验写作。我们急于划清界限，急于开辟新的战场，这是当代诗歌的行动路径。

午夜的雄辩，是词语的雄辩，是结构的雄辩，是当代诗歌的智慧与勇气的雄辩。它踏着坚定的步伐，在词语与词语的丛林里跋涉，以雄辩的腔调诉说实验的理由。可以看出他们在打词语实验的持久战、意义实验的持久战，这是他们的使命。不止一两代人，而是影响波及后来者，这个队伍从来就不缺后来者，前面的人越来越少，但后来者越来越多。时间公正地给出当代诗歌经典，人人都有此愿望。

第二辑"生命的奇迹：后口语写作"，一个诗歌时代结束，另一个新的诗歌时代开始，必然有一个新的诗人群体崛起，一种新的语言转向，一种新的叙述策略出现。

"后口语写作"经历了它自身的革命，解决了当代诗歌在意义、语气、腔调、气质等问题，形成了当代诗歌新的美学方式。

我以"生命的奇迹"来给"后口语写作"定义，有两个原因，第一是将那些与生命无关的口语写作排除在外，任何一种写作都会有泛滥的时候，在当代诗歌的写作进程中，乱搞大有人在，不必盯着他们看，而应该忽视他们的存在。第二我是想强调"生命"作为"后口语写作"的重要特征，它带动整体的诗歌活力，让"口语写作"向"后口语写作"行进。

我认为，前期自觉的冲动的口语写作阶段已经过去，"后口语写作"以"生命的奇迹"为美学追求，诗人转向生命的每一个感受。敏感、真实、尖锐，确定了"后口语写作"对诗人的要求，否则就不是"后口语写作"，而是无效、无力、无序的泛口语写作了。

我主要看重"后口语写作"强大的当代性，这是当代诗歌一个务实的存在，是可见的突破。

第三辑"青铜的光泽：先锋写作"，更加沉郁，更加具有当代语言质感，从20世纪90年代开始的"先锋写作"，依然保持了足够的定力，闪烁出"青铜的光泽"。

在这个漫长的队伍里，混杂着老先锋、新先锋，年龄结构层次多样复杂，打破了单一的格局。在当代诗歌的谱系里"先锋"常态化了，甚至"先锋"不是一种美学风格，而是一种精神姿态。

每一个真正的"先锋"必定具有"青铜的光泽"，而不是旭日东升，更不是夕阳西下，像黑暗里"青铜的光泽"，它可以放在那里很多年，显示出当代诗歌"先锋写作"的定力。时间愈久，自身的光泽就愈加明亮。

第四辑"闪电的道路：异质写作"，我在很多场合都谈到过"异质写作"，它的精神气质甚至可以追索到我编选《中国诗歌排行榜》时所提的"寂静诗人",在一个角落里不为人知地写作,这样的诗人的写作值得我们去察看,去看其到底搞出了什么新名堂。

"异质写作"我也提了几年,这一群体走的是一条"闪电的道路"。什么是"闪电的道路"?这涉及写作的生发机制,不得不说到一个古老的话题,写作的"灵感"。在我目之所及,"异质写作"者无疑有着触发写作的闪电一样的灵感,抓住诗的七寸,点燃不同于平庸写作的火花燃点。

第五辑"水与火的交响:民间写作",更加民间,更加倾向于当代。不是古代,不是现代,而是当代。当代就是此刻,就是时间正从生命里穿过的那一瞬间,穿过去之后就成了历史,历史将是你正在经历的当代。当然古代也有它经历过的当代,现代同样如此,而我们要面对的是当代诗歌写作,是此刻的写作。此刻的感受是当代诗歌最为重要的感受,因为它来自个体生命最为真实的体验。

"民间写作"不是一种姿态式的写作,而是清除了虚假的形而上的抒情传统,将当代诗歌拉回到白居易《卖炭翁》的"民间立场"。当然"民间写作"不是草根写作,不是纯粹的现实主义写作,更不是《茅屋为秋风所破歌》的民间疾苦的方向,而是拉回人本主义的立场。

从开始到现在,日常、客观、生活流,成了"民间写作"的标配。其实,这样的标配是僵化的,失去了生命持久的活力,"民间"应该有一个更为开阔的视野。在我看来,是"水与火的交响"发出撞击灵魂的真实的回声。

在当代诗歌的午夜,听不到白昼的喧哗,如卡尔维诺《寒冬夜行人》,读者的介入,在改变文学的进程、结构与方向。作家"复制"和"增殖"的写作能力给当代诗人有益的启示,在重建、摧毁、再重建、再摧毁的过程中,当代诗歌度过漫漫长夜,"世界缩小成了一张纸,在这张纸上,除了写些抽象的言词之外,什么也没法写"。

这是一部"午夜的雄辩"的诗歌年鉴,在300多页的篇幅里可以见证生命的奇迹、青铜的光泽、闪电的道路、水与火的交响。

让我们静夜高歌,唱出我们心中的真话,因为这是属于当代诗歌的午夜。

目录

第一辑 午夜的雄辩：实验写作

欧阳江河 / 003
寂静
蛇

张曙光 / 005
情话
雕塑

孙文波 / 007
第九首·司马迁祠

西渡 / 008
山中笔记
雨季

华清 / 010
镜中记
读义山

李建春 / 012
安全通道

锤出的火星

姚风 / 014
阳光
蓝鸟
　　——题何多苓同名画作

明迪 / 016
奇瓦瓦，菊石，三峡
楚国

余笑忠 / 018
檐下雨
梦中流出的眼泪

剑男 / 020
河床
采药人说

李以亮 / 022
秋天
被摄影的诗人

戴潍娜 / 024
渗透

陈均 / 025
石鱼

霍香结 / 026
下午,我坐在院子里看那棵树
光线很长,一直探进树身
树的灵魂存在于它的每一枝条
并使之复活,怀念我的爷爷

世宾 / 028
构成
冬湖

陈亚平 / 030
王维借诗修禅
命运

江雪 / 032
父亲和我

吴乙一 / 033
如果是落日
又寄

程维 / 035
天使
灰烬与钻石

叙灵 / 037
野鸭在月光下盘旋
博尔赫斯

张晓雪 / 039
蝴蝶颤动
母亲和沙子

安海茵 / 042
这一切都还来得及
是等还是不等

朱涛 / 044
给幸福去病

杨碧薇 / 045
黄河谣

宫白云 / 047
葵花
秘密

杨卫 / 049
所有
没有

曹有云 / 051
博尔赫斯之夜

梁鸿鹰 / 052
不再妥协
季节

林忠成 / 054
父亲反抗荒凉

仲诗文 / 055
春深

马叙 / 056
蝴蝶 1
蝴蝶 4

彭惊宇 / 058
火星之旅
冬日的风景

高建刚 / 060
血压计

唐荣尧 / 061
青稞
青草

苏笑嫣 / 063
飞鸟巡视园中

马占祥 / 065
拿羊皮的人

杨章池 / 066
靛水

彭魏勋 / 068
蟋蟀的月光
诞生

冬雁 / 070
瓦罐

吴玉垒 / 071
父亲的河

许彦华 / 072
止痛药

卞云飞 / 073
端午落日
七步诗

花语 / 075
我歌颂流水

姜灿辉 / 076
芦苇

邱红根 / 077
接受

铁舟 / 078
春雨

百定安 / 079
十二月

第二辑　生命的奇迹：后口语写作

沈浩波 / 083
晚安
死去的亲人
快马疾驰

伊沙 / 087
诗
哭
鸟鸣

严力 / 090
那只鸟
那张照片
我和蓝天

杨黎 / 093
偷牛
明德路

尚仲敏 / 095
边走边说
雨中的陌生人

赵原 / 097
拔花生

皮旦 / 099
塔尖与树梢
一匹白马

图雅 / 101
小舅

里所 / 102
儿时过冬
波尔多熊猫

维马丁 / 105
梦见受伤的自行车
早

劳淑珍 / 107
我醒来说
这么一种孤独感

庞琼珍 / 110
雨后爬上步道透气的蜗牛
百合

大九 / 113
看不见的河

方妙红 / 115
鱼刺

瑠歌 / 116
无题

刘不伟 / 117
拆那·喜悦

王大块 / 118
一滴雨
棒棒糖

莫高 / 120
少年

后乞 / 121
林边的妈妈
租房小记

李美贞 / 123
嫁妆

庄生 / 124
大鹅
床底下那一只手

第三辑　青铜的光泽：先锋写作

臧棣 / 129
反诗
九万里

余怒 / 132
地平线
低语

梁平 / 134
耳顺
借一双眼睛给阿炳

赵野 / 136
五月
河流振翅欲飞的时候

谭克修 / 140
橘子洲
爬山小记

罗振亚 / 143
遗言
别再和我谈论秋天

向以鲜 / 145
割玻璃的人

森子 / 147
我躺在我眼睛的房间里
序曲

马拉 / 150
这就是诗
天上大风

何向阳 / 152
明白
独居

李笠 / 156
醋栗
这玫瑰

李成恩 / 158
鸟鸣

李之平 / 160
病重的母亲

喻言 / 161
我给天空动手术
向植物学习

王桂林 / 163
潮水涨满海湾
　　——致燎原
双岛湾黄昏
　　——致燎原

吴小虫 / 167
夜抄维摩诘经
正反

木叶 / 169
高声叫嚷

陈新文 / 170
镜中一生
春水谣

罗声远 / 172
寂寞的结构
空地

谷未黄 / 174
"从水中取走我要的夕阳"

罗铖 / 175
歇湖上草堂
诗

赵俊 / 177
虚构的地名

程立龙 / 179
秋深如针
某时

唐晴 / 181
火车摇啊摇
失眠

林莉 / 183
月亮

邓晓燕 / 185
必须

徐汉洲 / 186
害怕

酸橘

李发模 / 188
安静
形声渐老

甫跃成 / 190
领舞者

罗秋红 / 191
胎记

贺永强 / 192
树叶经过人间
举例说明

雨田 / 194
烟雨或麦积山

唐驹 / 195
影子
你的掌心

千夜 / 197
猫，鸡蛋，一条鱼

向天笑 / 198
独坐五祖寺

王亚明 / 199
崂山的石头

唐志平 / 201
砌匠九爷

第四辑　闪电的道路：异质写作

张执浩 / 205
林中闪电
无题

江非 / 207
我是夜晚的
鸟怎么发出它的叫声

毛子 / 209
咏叹调
一席谈

娜夜 / 211
端午
旧衣服

汪剑钊 / 213
春分（辛丑年）
荒山之月

黄明祥 / 215
古溶洞
山水画家

吴少东 / 217
附着物
晨起的惯性

雁西 / 219
飞翔的快乐忘了时间

车延高 / 220
盐工

吴颖丽 / 221
窗外的鸟鸣
最初的摇篮

师力斌 / 223
读莫言《晚熟的人》
西瓜的态度
　　——读臧棣自选诗

梁尔源 / 225
网的幻觉

郁葱 / 226
宽窄巷

王山 / 227
悬崖上只住一晚

周艺文 / 229
马

陈仓 / 230
夜行
病床上的父亲

罗鹿鸣 / 232
棕头鸥的野心

刘春 / 233
悔恨之诗

罗广才 / 234
攀枝花
写在瓢泉

娜仁琪琪格 / 236
低处的事物

龚纯 / 237
春忆
在房子中间行走

秦锦屏 / 239
拥抱
我是时间的一道菜

胡丘陵 / 241
绵山
槐抱柳

吴茂盛 / 243
云端上的山

羽菡 / 244
悼诗人李天靖

文佳君 / 245
再闻鸡鸣

金呼哨 / 247
量子纠缠

李冈 / 248
芦苇
湖风

汤红辉 / 250
回家

郭长虹 / 251
微风潜行的夜晚

米祖 / 253
天将晚

陆健 / 254
之前
脸写在生活上
——和程维诗作《生活写在脸上》

姚辉 / 256
蝴蝶

梁雪波 / 258
花开的声音
夹竹桃的黄昏

肖歌 / 260
像外婆的月亮
母子分别
二十三日的月亮

田耘 / 263
在红门书院

马文秀 / 264
羊皮筏子

华子 / 265
瓦尔登湖

齐冬平 / 266
对称性：平行世界
弧度之上

王长征 / 268
晚霞

杜华 / 269
背盐的人

周雁翔 / 270
白云的预言
鹰

彭志强 / 272
二门

李凌 / 273
大雪

姚娜 / 274
远山远
歌未唱完

柏亚利 / 276
山寨

卢辉 / 277
想过它不会是异物质

苏丽雅 / 278
这树怎么啦

谷频 / 279
倒叙

黄官品 / 280
刮春风

兰浅 / 282
那只跛脚的鸟

甲子 / 283
祖坟上的大树

周朝 / 284
尘埃

龚学明 / 285
风干的玫瑰花

刘翼平 / 287
白头翁

胡勇 / 288
老柴

邓建华 / 290
半边街：一半已流逝一半在坚守

第五辑 水与火的交响：民间写作

于坚 / 295
宋陵石狮

李亚伟 / 296
大酒

徐敬亚 / 298
躺在戈壁
第 22 颗洋葱

王法 / 300
水与火
定数

南鸥 / 302
听画
独孤盛满一生的酒杯

发星 / 304
留点柴给山神及其他
山神哭了
下雪天不愿待在家中烤火的男人

李文武 / 307
影子
拼凑之诗

梦天岚 / 309
游轮上

秦巴子 / 310
反向旅行者

刘鸿伏 / 311
即兴

张进步 / 312
雨

秦菲 / 313
墨西哥城的雨

黄靠 / 315
老窖记

元太 / 317
江湖

王忆 / 318
一支口红的秘密

黄长江 / 319
奶奶指甲上的月亮

屈金星 / 320
母亲的青丝也花白如芦雪
母亲的新坟枕着凌乱的芦雪

卓儿 / 322
雨中的油画
无题

第一辑
午夜的雄辩：实验写作

欧阳江河

寂　静

站在冬天的橡树下我停止了歌唱

橡树遮蔽的天空像一夜大雪骤然落下

下了一夜的雪在早晨停住

曾经歌唱过的黑马没有归来

黑马的眼睛一片漆黑

黑马眼里的空旷草原积满泪水

岁月在其中黑到了尽头

狂风把黑马吹到天上

狂风把白骨吹进果实

狂风中的橡树就要被连根拔起

蛇

肉体即环绕。

冬眠之后,风景更痛了。

在痛中,蛇是最微弱的。

火焰的舌头,水的腰。

首尾之间,腰在延长。

所有的词语中,一个词在延长,

在耽误,引申,蠕动。

所有的苹果中的一个苹果。

天堂即悬挂,

腰的诱惑弱于水。

词根的蛇,众词之词,纸的挪动。

掌上无水,水下无脚,

匆匆行走连脚也多余。

春天沿着腹部的闪电到来,

伸展在委屈里,

缠绵于得体的空虚。

禁止的苹果被手环绕,

语言被舌头,爱情被腰。

首尾衔接的时间。

软组织长出了硬骨头,

怕痛的人,终不免一痛。

来自蛇尾的头颅,无一不是老虎。

张曙光

情　话

我用语言描述这个世界

这个世界或一粒沙子。

此刻它正在我的鞋子里，

烙痛着我的脚。

我是这个世界唯一感受到它的人，

而对于我，它却是整个的世界。

我用语言描述着它。这是我和它

以及这个世界之间的情话。

雕　塑

一首诗在你还没开始写它的时候就已存在。
它就在那里，注视着你，直到
你认出了它。当你小心清理掉周围的赘物和落叶
它的轮廓开始显现，清晰，明亮。你惊喜，或是沮丧。

孙文波

第九首·司马迁祠

到观河镇寻找食物。没有找到。

倒是就此站到黄河边,俯瞰浩荡流水,

的确如从天上来。在傍晚的辉光中,

带给人恍兮惚兮的感觉。

时间一下拨了反向键,自己成为某位古人,

想发幽思。等到第二天,真正的

寻访古贤遗迹,过桥、登山,迈过几道石门,

到达墓冢前徘徊,悬崖处远眺。

眼前出现一幅幅画卷,宫刑场面、暗室疾书,

还有流徙边地。不免感叹,很多说法

"文王拘而演《周易》;仲尼厄而作《春秋》;

屈原放逐,乃赋《离骚》;左丘失明,

厥有《国语》;孙子膑脚,《兵法》修列……"。

其实,不过是自身写照。说明了什么;

宏大的不幸塑造伟大的人物?使得后来如

我这样的人身临此景,对每块石头都心怀忓敬。

尤其是到达祠庙前,站立在苍柏下回身远望,

黄河犹如盘龙横亘在眼前,让我不得

不认为:一个出生后,就与黄河相伴的人,

他心中的浩荡肯定有道理。或者他就是

黄河。一种深厚的滋润。还在滋润我们。

西渡

山中笔记

阵雨之后,山中的青蛙叫成一片,
枕头里的青蛙也叫成一片。
靠山不吃山,我吃蛙鸣,吃鸟鸣。
头顶上飞机的轰鸣吃月亮,吃星星。
星星的碎片掉落,像种子藏身
夏天开葵花的菊芋和串叶松香草;
到冬天,在黑暗的土地里发光。

雨 季

雨下不停,沙漏停止了计时。
人类向蛙的方向进化。
列车停在两站之间的高坡上。
雨柱的锤子砸着花样的玻璃。

钢铁载浮载沉,空气从肺里
被抽出。梦中人朝大海呼喊:
我们永远游不出这个季节。唉,
众多水下的徘徊者,曾认识我们。

华清

镜中记

首先出现的是一只猴子，而后它
戴上了一顶帽子。这是一个意外，当他
洗完澡，整理好凌乱的毛发，刚好
有一场歌舞开场。他一个激灵
就轻巧地站上了树梢，不，是胡桃木
做成的一枚高跷。

他向上做了一个手势
发现了那个对面的模仿者，有着与他
一样丰富的表情，他下意识地
让帽檐向下，但瞬间又好像意识到什么
当他把手指抠向那幻象
一个令它惊讶的事实出现——
这沐猴而冠的家伙来自哪里，他缘何

用困惑而武断的手势拍着他。他们像老友
互相致意，有求必应，默契如一双孪生
它走来走去，时远时近，左右移动
细细打量它多毛而丑陋的手掌，如是者三
之后它终于明白，他，就是那个有生以来
不曾认识自己的怪物，来自梦中
或是撒旦所指引的黑暗处

读义山

"这花园终将老去"。在西窗的晨光里
他手抚着那将开未开的花朵
与她相约来世。可他努力想也想不起
这个多年后被霞光照耀的早上
想不起那时候,她渐趋模糊的样子

梦中的花园静默着,有一只飞碟
从晨曦的面纱中破茧而出,那一刻
宁静的空气被翅翼的翻飞扰动
迷津的洞口敞开着,如一只单孔竹笛
在若有若无的笛声里,他终于想起了

那巴山夜雨中的前世……

李建春

安全通道

我必须重新生活在居民中间，

因为风景已快成永恒。

除了点头招呼之外我用符号

笼络他们，让有意义的时间

在一望即知的哀悼中出现。

老柯贡献了一粒他的同事关系的砂，

在湖光山色的漠然中。

顺利退休。一语枯寂。

他拎着公文包往工地跑的那些年

躺在安全通道，那天，

他放弃了电梯，

似乎要考验一下自己的体力，

顶着恐怖的时间的挤压

一级一级地往上爬，

看见老妻亲切的脸的时候

他知道自己活过来了。

我等什么呢。

我分享了他们的气息

但是拒绝那安然，

像掉落在高速路口的一棵树，

我知道，那不是意外，

而是葱绿的生长应当在的地方。

锤出的火星

可爱的面孔，干花，半生的错误
和香味，麒麟状的铁砧上
锤出的火星，出人头地和享受
让我落泪。经过青春的专注
和排他的那些年，一见面就心领神会。
不再特殊了！就是那些选项。

姚风

阳 光

太阳的腰间,皮毛柔软而斑斓
在此,我用我的手
找到你的手
每一只手都有完整而柔软的手指
它们一起劳作,直到阴影降临

蓝 鸟
——题何多苓同名画作

你想到了什么?
一只鸟儿,蓝色的小心脏
扑棱着翅膀,飞出你的身体,
它要飞到哪里?

天空没有云,地平线白茫茫,
冬天之后未必是春天....

你闭上了眼睛,但还会睁开,
那只鸟还会回来……

你伸出的手指
像树枝,等待长出新的叶子……

明迪

奇瓦瓦，菊石，三峡

海螺形状的化石

从稻田里长出来

告诉我们九千五百万年前

这里是大海，有过生命

你在白垩纪海边

躲藏这么久

告诉我们生命可以延续

可以变形

你曾游来游去，想进化

其他生物讨厌你

所以你换一个方式

存在，或远走高飞

我老家宜昌，大西洋无脊椎小动物

以化石的生命，活在岩石内部

这里也曾是海边

也有过故事，板块飘来飘去

两只远古的小虾

节肢纠缠在一起，是打斗中

遇到地震，还是碰撞时

一见倾心？答案已流走

楚　国

你崛起，但不知从何而起

如同一棵树，有无数神秘的根

有人甚至说你来自西亚

一路向东，追逐太阳

什么使你的部落

定居我家乡，湖北

更加神秘

你面容早已淡出

只有树冠上倾泻而下的光线

使你清晰，而今又戴上口罩

一百年挖掘

连文字都变成了化石

所有蝙蝠从考古遗址飞出

病毒消灭已长寿的人类

你消灭于历史

唯一的金字塔是橙颂

屈原的橘子

一个个小太阳，照耀长江

余笑忠

檐下雨

雨是天意。檐下

密集的雨帘是传统

回来的人,无论光着头

还是撑着伞

都必低头穿行

檐下摆了木桶

雨水留下一小半,跑掉一大半

反过来说也成立,不过

留下的皆是布施

在檐下洗手、洗脚

像自我款待

夜来听雨,分不清檐下雨

和林中雨,偶然的夜鸟啼叫

像你在梦中翻身

认出了来人

梦中流出的眼泪

当一棵树枝够着了另一棵树枝

春天就稳住了

当一颗葡萄挨着了另一颗葡萄

葡萄就成熟了

它们仍然是:你和我

但不同于青涩时的你和我

萧瑟时的你和我

在梦里

你听到有人如是说:

"来,我们挤挤睡吧。"

你的眼泪从梦中流了出来

像从乡下偷运到城里的活鸡

黎明前,在纸箱里叫唤

剑男

河 床

河床上只有散落的小水塘

河边破败寺庙前的僧侣在阳光下打盹

看不见的细流

在断恶,积善,度众生

离别和返回地如同同一个道场

用梯子把我送上高岸的正在撤掉梯子

用沙粒卵石把我按进低处的

正在往河中填埋沙石

芦苇和蒿草逐渐把河床连成一片

彼岸与此岸已不是象征

采药人说

在药菇山,遇见一位佝偻着腰的采药老伯
我问起他生活的艰辛和不易
他说生活还能怎样
他曾经在南面山坡上采到
一支硕大的沙参
它所有根须都扎在一根鼓槌一样的人的白骨上

李以亮

秋　天

秋天落在窗外的

树枝上

季节里最后一只鸟儿飞逝

林中的空地

空无一人

风穿行其间，仿佛什么事情也没有发生

我在冷雨敲窗的晚上，写我的小说

许多模糊的情节

因某种照耀忽然生动而透明

有一种爱

注定以幻想的形式实现

我想起远方

树木披一身繁花

百鸟歌唱

我在黑暗里倾听

听到或听不到，都令我不能平静

被摄影的诗人

我凝视着照片

被摄影的四位诗人

并肩而立,其中三位已陆续离世

剩下你,代替更年长者

继续生活在这个空虚难填的世界上

我凝视着照片

我不无伤感地想到一天你也会离开

那时候,代替你的

将只有你的诗

继续生活在这个更为空虚的世界上

我凝视着照片

我将它顺手转发给比我更年轻的诗人

在这个我们仅仅停留一次的世界上

我们只有影子、照片和诗

作为时间的礼物,互相传递

戴潍娜

渗　透

你闪进破碎的树影

你将自己编织进鸟鸣

命中寂灭的火把，抛向彤云穹顶

你像一只狗，嗅得出所有即将消逝的亲密

这本不是一场生死对决，尽管

死亡列队整齐。请相信我，

所有的水滴终会融为一体

大海蒸发以前——

巴巴里狮，斑驴和帕拉夜鹰都向着你航行

——万物流向彼此

我们活着，无处不在

生命引力，携带旷古的回忆

当你开口问：又为何分离？

我试着回答你，收集你

不让有你渗透的大自然散佚

若我不小心说出了我想你

皑皑宇宙的坚壁深处必定有一个回音

你已嵌入世界的光景，你一次次被唤醒

我们驻足同一个故事里。

陈均

石　鱼

从天空飞来的小动物们，在地球上寻找
冒险家的乐园。它们选择了一片湖水安巢，
建筑人类的剧院，辛劳的一切归于暮晚的平静。

石鱼不知道过了多久，它从哪儿来的，又对着
镜子看过多少轮回。诸多野鸭在此炫耀斑斓，
又有几许鱼群深夜喁喁私语，星辰终究塌陷老去。

那个矮小的长衫男子，曾一跃而上如鲸鱼之背，仿佛
若有光，在某一刻接通了美的电源。他确信书的诞生
可让神鬼为之战栗哭泣，却寂寞于百年后的每一位读者。

爱笑的女人们，犹似光影世界的列车，我已记不清
在哪一些清晨，谁在湖边弹奏琴曲？后来有些发疯了，
又从石鱼的身旁漫步而行，最后消失在模糊的湖面。

霍香结

下午,我坐在院子里看那棵树
光线很长,一直探进树身

地气不断上涌,与光交合
树通体透明,光与水都要溢出来了
吹过了树,一阵弱小的风
我看到了它,而那些晶莹的光和
水并没有崩塌,树仍然是树
我站起身来,朝树走去,走过它
从树的身躯,树在我们之间
与坐处对称,我已背对着它
同样承受着很长的光线和地气
与我言语的无有其他,院子是我
的身体,树是里面废弃的植物

树的灵魂存在于它的每一枝条
并使之复活,怀念我的爷爷

院子里有两棵树

一棵柿子树,一棵丁香树

春节过后,太阳爬回白羊星座的头部

并向天空的最高点升去

爷爷在柿子树上砍下一小枝

又拦腰一刀宰在丁香树上

把小枝插入刀口,放一些

汁液饱满的湿土,包扎好

我好奇地等着小枝慢慢长大,直到

那一年丁香树裂开了花

直到柿子挂在丁香树上,而丁香

仍然结出丁香,爷爷说它已

进行了温柔的侵略,可并没有动根

你看,我们的院子里

有半棵丁香,棵半柿子树

构 成

世宾

一朵花,无人时
也兀自盛开

麻雀在电线上叽叽喳喳
推开窗,却发现空无一物

内心的忧郁,日子会因此
暗下来,却也阻止不了
爱恋者在深夜里发出笑声

一个人,轻如鸿毛
在这莽莽的群山间
却是群山最重的一部分

冬　湖

因为孤高

这个湖,把自己抬升到了山顶

雪花噗噗而下

比雪花更加沉默

是埋在雪下的山坡、草木

喘不过气的树林里

偶尔会啪的一声

发出叹息

雪窝里的锦鸡

闭目养神,生存的艰难

加深了它

超凡脱俗的信念

湖中的冰,坚硬

晶莹剔透就像某人的孤独

冰层底下的湖水

沉默无声,是它

孕育了鱼群、水草

下一个春天

陈亚平

王维借诗修禅

松风吹卷着宁静的游云
你的印象中,诗中的禅趣,也应该像沉积的幽谷
超然于尘外,又像游动在月光中的波浪
空阔,无痕,暗合天生就悟到的预想
迎着窗前的薄雾,你追随母亲佛缘深厚的内心

看到了群山穿林的淡影,幽深的光泽含着超脱
不该穿插到黎明的雨,让钢琴的流水绿了又绿
是泉而非泉,无意似有意,处在两者之间
你在云一样缥缈的化境中,眼神就像丝绸在飘
把洗净了的秋空,翻动起山势肆意逼迫的冷流
你自创又安慰地觉得,诗天生就和禅有缘

你嘴里喷喷飞出的诵诗声,就像和神会禅师的玄谈
禅悦中,带有一丝想不到的果敢
好像带着终南山,隐约扰乱的低音
在畅叙一生,梦一样惊奇的幻化
被水轻轻浸过的纯质年华,志求淡远

伟大禅诗者,必有伟大的偏隘
你喜爱五言的奇字简句,飘忽而迷蒙
静中有画,动中又有诗

命　运

我习惯把认命，变成某个希望，就像生活依赖诗
我既不当命运宠幸的朋友
也不变成命运仇恨的敌人
更多时候，它潮水涌来的漩涡，低沉又遥远
猛然在粗重的呼吸中起伏
这不可潜底的深海，谁能在不料中猜测？

在脑海里，以说服自己的方式
碰巧做一个唯一随从机遇的自己
命运本来就像第一次写作的秘密
有必要和它相契合，听任它自律的法则

在沉重的急促中，形影出世般地后退
暗地里的交替，随时发出活力
它无序，又突变的剧中剧
像时光选编的年鉴，让你存在，我就不存在
在另一个选本中，让我存在，你就不存在
对这个不认错的命运，我会厌倦地喜欢

江雪

父亲和我

父亲老了，头发越来越白

白得像雪，白得

让我想起少年时代的一个冬天

他从南方回来

带我去吴湾亲戚家喝酒

那天酒席上，我趁大人不注意

偷喝了一大杯谷酒

结果不省人事

吓坏一屋子的亲人

当我慢慢醒来

一场大雪将乡村覆盖

父亲没有打骂我

却由着我的性子歪歪倒倒地走在

回家的雪地上

我至今记得那一场风雪

微暗的雪地，除了父亲和我

空无一人

远处的田野上

偶尔传来鞭炮声、狗叫声

雪地上，一大一小的

两串脚印

沿着河岸通往上武松村

吴乙一

如果是落日

落日酽稠,形似孤独。先是挂在
高楼的檐角,仿佛古老的传统
经过旧时烟窗,获得新的形象
再经过长满新叶的杨树、槐树、柳树
使春天的流速得到了保护
——落日如错觉
可生出更多疑问和惊愕
花树下的猫,柔软,温顺,有惊人之美
它深邃的瞳孔里,布满了
等待献出落日的人

又 寄

又是十一月。光阴来不及带走
身上所有的悲痛
我在雨夜离开过一次
天亮前,在公园长椅边,分别离开过一次
还在你写诗的时候,悄无声息地离开过
我离开过灵魂
离开过爱情
直至昏黄的路灯熄灭
风在耳畔吹响……它们像刚刚苏醒的雨滴
还未彻底消失

程维

天　使

黑夜退去，天使的一只翅膀

还遗留在天上，像一片银子

它飞不动了，停在那里，像是失事

那么高，我帮不上它，眼看着

被阳光烧灼，它的羽毛在变黑之前

发出求救的光芒，身处更高的神

无动于衷，仿佛并不存在

天使的另一只翅膀，飞向了哪里

红谷世纪花园小区的保安一夜没合眼

也没看见有什么动静，天上并没有

掉下些什么，我发现窗外一辆

红色轿车的车顶，可疑地塌陷了一片

像是有个伞兵从天上落下，砸在上面

灰烬与钻石

是的,灰烬是结局

是火在燃烧之后的样子

并且它证明了燃烧、光明和热烈

你不用惧怕,它与悲情无关

我要说的是钻石

它比灰烬永久,让人收藏

比钱更值钱,坚固,硬

包含光明的粒子,它停顿

与过于激动的生命相反

它被时间咬住,仿佛是时间的牙齿

叙灵

野鸭在月光下盘旋

去年夏天

蟋蟀草遮蔽了

通往河岸边

一片荒野

以及这条路

好几次

大概是黄昏之后

有好几只野鸭

在月光下盘旋

踩过齐膝的草丛

几只青蛙

跃入水中

所形成的寂静

让来自芦苇丛间各种

鸟鸣

好像是从河的底部

升起

博尔赫斯

一个人
就是一群人

晚年
耳朵还没坏掉

还能听见
不!是看见

天晴的时候
有人爬上屋顶
换掉那块
不适合冥想
一直漏雨的
天花板

张晓雪

蝴蝶颤动

被风翻动时,
她是特别凌乱的两页。

被风翻动时,
归风的,风已收走。
风走后,她将日光里栩栩的停留,
赠给了一个孤独的小女孩。

风走后,她把自己别在花朵上,
仿真,留痕,交相来去。
一个死结被芳香解开了,
像什么都不曾发生过。

像一页领着另一页,
动了几次,静了几次。
将信将疑地栖息,
令旁观的人,跟着颤动。

母亲和沙子

你鼓起腮帮
吹出了我眼中的沙子。

樱花清露涌出来了,
你也眯眼笑起来。

像微尘获得了谅解,
也像我童年的嘴为你
吹了一回。

可是,妈妈,
多少年过去了,
我并没有为你吹过。

我怀疑你眼里
从未进过沙子,

或者在眼睛后面,
对沙子的敏感
不储存。奇异的假设,

我不敢问——

你是怎样天长日久,

无风而愈的?

安海茵

这一切都还来得及

这一切都还算是来得及
睡眠以螺纹针法,赋义永恒的黑洞
或仅是一招一式的自我运筹,
橡子还是稍显晦涩
拉拽来大团大团的淡紫色星云,
以求得均摊稀薄的山顶。

我们在睡意之中酝酿捶打,
传说中的煮雪似乎并不限定温度,
运气好的时候
金属还来得及析出香气,
白云还来得及牵出一匹马。

这是一条通向山顶的路啊,
谁都看不见山顶的火焰,
却没动摇过行路的心。
我在命定的苦役中慢慢走着
怀揣分得的有限的欢娱,
一边悄声练习
去年在戏剧节看过的漂浮术。

是等还是不等

终于到了想象中的决胜局

白色战袍的捕手依旧奔跑不停

那异型的鞋子停滞在

一摊咸味儿的水里

此刻,呐喊声自动被过滤

成漂白了的火焰

天刚刚黑下来

或许还没——

我只是在沼泽中操练了太久

我想试试那对从未亮相过的翅膀

那透明的浅橙色调的羽翼

趁着金针般的光线穿梭正忙

蜻蜓在秋水沼泽间重塑视野

边等边唱

朱涛

给幸福去病

少女容不下眼睛的任何沙子
这美好的胎记
让淡忘时间的记忆试图矫正混淆的错误
人间是一场修炼
不仅要接受雀斑的瑕疵
承受疼痛的阈值只要未到熔断的极限
必须挺住
在产房，我看见痛苦实现了最高意志

繁衍是终极引擎，一切要为其让路
犹如重装的拆卸的机器
一下给幸福去了病

杨碧薇

黄河谣

成排的羊皮筏子已是当代文旅景观

不变的是岸上

踢着碎石的人走来，走来，又走去

"不知道该去哪里"★

你十八岁了，一路高飞

来到没有雪的南方城市

慢慢长出眼纹，长出对世间

苔色的理解

不过是十余年，却足以决定你一生

钻石的切面

而那些尚未发生的，是怎样说服自己

消隐于命运的锦匣

酒后你才会谈起兰州，谈起那条河

谈起旧城来路不明的风，总是盘旋着金灰

谈起她，她们，或者我，或我们的长发

你不需要知道，我也曾到过那里

在你经过的地方抱膝，久久地凝视

时间的细线翻起的弧浪

正是那种孤独

成全我们的相认，相知，以及错失

只有锦匣里的怀表

一直用孩子气的速度拨动秒针

在另外的秘境守住一场热雪

★野孩子《黄河谣》歌词

葵 花

宫白云

已经有很多年没看见葵花了
谁会在太阳底下想起
一朵小花

大街上人头攒动
都是孤零零的
秋天的空气也在丧失温度

——我为什么还在寻找
在这拥挤的人世
那轻轻向上的笑脸

秘　密

像每晚的月亮那么孤独

无法把它摘下来销毁

把它摁进一张白纸，刚完成的一首诗

写下密密麻麻的批注

正下着的雪，盖着白纸黑字

"最好的策略是什么也不说"

天已经无法更黑

明天寄来一个太阳

像母亲寄来她的母腹

所　有

杨卫

　　所有的路
　　都是必经之路

　　所有的出口
　　都是另一个入口

没 有

总感觉,有人在等我
于是,拼命地往前走

越走越远,越走
就越发现,前面
什么也没有

曹有云

博尔赫斯之夜

日出日落
白昼拖拽着黑夜
黑夜尾随着白昼

博尔赫斯在白昼看见的是夜晚
在夜晚看见的是白昼

博尔赫斯一直静坐在夜的中央
玄想联翩,电闪雷鸣
赫然搭建起耸入云霄的巴别塔
照见所有的夜晚,所有的白昼

南方的博尔赫斯一直静坐在书籍的中央
没有黑夜,亦无白昼
有如东方山水间独坐千年的寂寞圣哲

梁鸿鹰

不再妥协

一次永恒在喧闹的时节打开

强令自己视线转移为潮湿

晴天送一把迷路的伞回家

将情绪养肥哄好

不忘记握住寒冬的汗水

数日饥饿已搭建眉毛的舞蹈

遗忘在犹疑中不再妥协

衰年被迫在隐痛中一再挥手

无影灯投射连绵的原则

不忘记与落日告别

一次次被动摇的想法冤枉、查实及捕获

提醒在迷失的路上不再喘息

为下一个季节收获荒诞的清醒

即使千吨巨石头竖立于胸

也不再推倒沉思前的闪电

季 节

不将就季节

拒绝让得意停留于额头

等满院飞跑的顽皮沮丧地归来

再发明一次新鲜誓言

坐看螺蛳壳里开御寒防暑道场

任凭气温一次次在无济于事的时空中哗变

将思考的线袜换上或脱掉

换上厚脑筋

终于，当磷光在脑海举办迎神会

寒冷才如海盗般再次返场

旁观的旗帜已在天空长大

愿灰尘惊讶

在人迹罕至的暗处流放

不想在入睡气温中假意拥有二度永恒

北方思绪每日接受野兽般敲击

林忠成

父亲反抗荒凉

荒凉不能吓阻父亲

他认为每个人都来自荒凉

最后也得回归荒凉

子女们恐吓他 别回老家啦

那里连狗叫声都听不到了

只要内心不荒凉

只要精神没有杂草丛生

一切都可以建构

父亲回老家后

联合溪涧 朝霞 繁星 草木一起反抗荒凉

仲诗文

春　深

小草没有变甜之前,她的味觉死掉了
夜里,小草发出嘤嘤嗡嗡的声音
她的听觉死掉了。春天通过湿润正在赶来
她的脚趾死掉了。死正在迈向她的嘴巴与眼睛

她的驼背、小脚没有反对春天,也没有反对死亡来临
当窗子外的梨花全部绽放,她的羞耻死掉了
古老的杏树挂满一串串小杏果,她的胃死掉了

她的眼睛还有一丝光,我把这光等同于田野上面的光
奶奶的心脏在慢慢变冷,她的手在慢慢松开
这死亡带着温暖和良善,我们都诚挚地接受

马叙

蝴蝶 1

是要说蝴蝶吗?
这是蝴蝶吗?谁更适合发这个词的音,蝴蝶
我想等我听到不再难受时,那是
重新命名了一次。那是好不容易来的平淡。可是

——蝴蝶呢?
(如果说它是昆虫一种,诗意消失殆尽)

蝴蝶 4

仍然没有出现。

他描述河流
因此而克制。

他也描述河岸
描述有一阵小风掠过的
灌木丛。

入夜
他的描述仅到萤火虫为止。

彭惊宇

火星之旅

火星，又称荧惑星。古巫师的占卜星
是现代人类频频仰望与探索的比邻星
是宇宙中一只红橘子，天街上一盏红灯笼

我梦想着能在二十一世纪中叶的某一天
作为首批宇航员，乘飞船登临火星之上

我看见：浑然无际的红，统领着火星世界
红色沙砾和丘陵，块垒峥嵘地铺向天边
我看见：橙红色的天空悬浮着一轮蓝太阳
让我惊讶于另一星球似曾相识的命运的苍蓝

蓝太阳。以它浅淡的光辉照耀着
这个静穆、寒冷、荒凉、杳无人迹的红色王国
照耀着太阳系中最高最大的奥林匹斯火山
照耀着水手谷。照耀着南极白色的干冰极冠

蓝太阳。还必将以它浅淡的光辉照耀着
最终移居火星的未来人类，和他们的新家园

冬日的风景

雪,改变了你眼前的世界
大地一片空旷,寂静的白
你觉得节令也会催人心境苍老
有一些热情与火焰正离你远去

曾经的青春岁月,落下帷幕
变成空旷大地上寂静的白
回忆如同怀旧的俄罗斯民歌
还渺渺飘唱在你寂寞的心间

那些夏日里葱葱郁郁的树
此时已删繁就简成一笼笼烟树
仿佛是高于这尘世的理想灰烬
给你生命以萧疏,以别样的轮回

寂静的白,攀缘在沿街冬树的脊背上
随形会意地构成黑白木刻版画
你姗姗走过新商业区,蓦然看见
一挂挂红灯笼,恍若梦中的柿子树

高建刚

血压计

母亲把我当成最可信的
"医生",并教会我量她的血压

当她八十八岁的胳膊
被黑袖带越来越紧地裹住
时间如听诊器一样冰冷
我总是说出最令她满意的数字
她便不再担心这个天旋地转的世界

母亲不在了,我感到头脑
有些压力和疼痛,不知来自哪里
便打开灰色血压计
黑袖带裹住自己
出入风雨的胳膊

我听到
暴雨和雷鸣
刀光和剑影
岁月和宁静

听到母亲在世的心跳
眼前出现漫天的彩虹

唐荣尧

青　稞

这青藏大地的选民

像瓦蓝的烟，到处有家

每一株，都从春天出发

把秋天攥成一把黄金选票

投进酒坊，旋转成火

在发酵池里，酝酿醉倒神的计划

走出酒瓶，让发光的誓言穿喉过肠

铸造出吞吐山河的人间铠甲

王者佩戴的那副叫：天佑德！

青　草

这绿色的锋刃，隔断荒凉

你的亲戚，遍布平原与高山

有带着欧洲口音的

有吸引非洲瞪羚或袋鼠的

唯有你们，群居高处

露珠划过白玉般的闪电

那是星星没能叼住的遗憾，落在人间

像彩票，在风里摇动出夏天的盛典

出嫁的卓玛，在霜前更衣

和牦牛一起，被秋天赶下山

你们是岩羊的口粮

就像牦牛是牧人的口粮

人是时间的口粮

苏笑嫣

飞鸟巡视园中

你又回到从前你住过的那片地方

你和它都发生了改变

但还是很容易地,就能从时光的绞缠中

作用于彼此。你活着回来

在你面前,夜的脸上,月亮复制出同样的光。

这不是很奇妙吗,你慢慢走着并想到

这些年里发生在你身上的震荡

这里曾有一个黑色的空虚

就在那片晃动的树影下方。

熟悉的玉兰花味残留着……

燃烧出华丽的火焰。

但不能流畅地平移

就像你不能把那些过去的困苦翻新。

还有心存敌意的坚忍

——你的获得之物——给予出的拒绝。

一枚单独的花瓣

在黑暗中无尽地旋转。

它将徒劳

没有回忆能紧握住它,就像

飞鸟攥住自己的树枝。

但它们将回环、巡视

疲惫而脆弱的翅膀，扇动

在睡梦的破裂之处

搅动着一个个薄薄的黎明。

马占祥

拿羊皮的人

拿着羊皮的人披着薄风的斗篷,走过街道:人群迷乱

一群虚构的羊渡过逼仄的河流,爬上阳光的山坡

城市之外——隆起的山峦上,藏着火的石头滚动

牧羊人,将丛草的名字命名为草

手里攥着闪电的鞭子驱赶雄性的、仰头看天的岩羊

如今,它的皮在城市里

在一个人的手里

街角的摄像头像枪口

瞄准每一个路过的人,像瞄准山上的羊只

在瞄准拿着羊皮的人时,多停了一秒

杨章池

靛　水

"这是你的。"躲完大水的清晨，母亲
把这包黑色粉末塞给我，把我塞进
拉家渡小学丢魂的钟声。

小心翼翼，倒入循环使用的葡萄糖注射液
吊瓶，冲进热水，看它
激烈地化开。

使劲晃，让黑撞溅，蔓延
瓶壁被抹得密不透风
小发明家，头昏了一会儿

乏力的蚯蚓：我挤捏钢笔
的胶皮管，让它吐出空气和一阵
有气无力的浓涎。

将笔头整个埋进墨水瓶
让它畅饮，用大拇指和食指尖
感受那黑色水位，攀升的饱胀。

反复几次，挤压出空气
直到新墨爬满整节皮囊

笔头新鲜,笔舌湿润。

要写出最好的钢笔字,要画出
最美的、最后的小学。
多年后我也这样猛力把自己化开

不然我就是糨糊一块;
也这样自我挤压至枯竭
除尽残余,迎来灵泉的灌注!

彭魏勋

蟋蟀的月光

老家墙根的某只蟋蟀,正重复地发出

太古之初的音声。

单薄的记忆,使它成为自己活着的

另一只。

酣然又不甘,锋利又麻木。

故乡恍惚循着这声源泊在了原地。

流水穿梭于落日的金钟。

从虚掩的柴扉,从暗夜无人的田塍,

从一枚直贯夏冬的秋柿子无边的寂寞,

来发配季节之外的不安。

秋风把它的重蹈之声削成一枚笛子,

抵达《鹧鸪飞》,一个不舍自由的老者?

祖母级的月光。照着你。

在那诉说里我活着,反复地。

天籁被打断。叫嚷的伤口愈合。

诞 生

一个婴儿呱呱坠地,她红着脸大哭
现在她忘了那哭泣
顺着从死到生的产房,她摸到一扇虚
掩的门边——
屏息倾听,雄亮的哭声里混合着的
雷声和雨滴
这雷声她很熟悉,有一滴雨正从眼角滑
落到唇边。

冬雁

瓦 罐

厚壁陶罐或瓶。还有进一步的解释
——泛指陶制的罐
近期我在海边就捡到一个
陶制品。着有古老的，陈旧的
脸色呈灰褐色。我捧着它，来回端详
来回，揣摩。它在我手里越来越烫
我知道，是我们的体温和热量在互相传递
互相感染。互相填补身体被海水
侵蚀的裂痕。但现如今这样的瓦罐
越来越少了。我边看边自语：
"适合的罐口刚好保持满腹文伦的容量"
我确定我捡到了一个宝贝。我把它
揣在怀里。在这之前
它已经被人扔在这里很久了

吴玉垒

父亲的河

越来越瘦，瘦若母亲

早年间的叹息，瘦的只需两步

我就可跨到对岸去。这条河

可还记得对岸，曾经多么遥远

那是父亲不得不每天要过的关

越来越虚幻，一个前世遗存？

这条河，往日的波光还在往日闪晃

一如老了的父亲的身板

在时光的扭曲中，再也担不起

一场风，一场雨，甚至

一场突如其来的欢喜：越来越

落寞，终归无水可断无月可捞

这条河，已然是母亲走后的父亲

从此只剩下独自濡沫的回忆

越来越不像河流的河流，越来

越不像父亲的父亲，越来越像一对

难兄难弟，在这苍茫的人世间

无以复加地活着，不可饶恕地忍着

许多年过去，一个早已去了

另一个世界，另一个

依然恪守着从前的坎坷至今的困顿

只是偶尔或不经意间

远远地，刀一样划过我的夜晚

许彦华

止痛药

母亲的老骨病,越来越厉害了
这些年,我一直寻找止痛药
可以医治母亲身体的疼痛
乐松、去痛片、布洛芬、双氯芬酸钠
无论是老药,还是新药
我一一尝试

一个行走如风的人转眼佝偻着身子
一根挺拔的竹子变成了一张弯弓
在烟熏火燎中发出炸裂之响
这要经历多大的痛苦

一路风雨走来的母亲
她的行动告诉我,意志和毅力
是一种超强止痛药
她越是隐忍,我心越是不安
她越是不经意地说,我越是想流泪

卞云飞

端午落日

京沪高速从江阴大桥南边拐过来
落日完成了第一次下坠——
只两分钟
便投进天边的云涛里。
或者说，是云涛吞噬了它的悲壮。

两分钟后，先是地平线，再是无尽的
高速路面忽又熙亮起来——
落日自云涛中破兜而出，再次下沉，
输电铁塔和地平线被推得更远。
或者说，那被滔天巨浪濯洗过的
几近完满的红艳与明净
足以令众生垂泪。

直至它敛尽自身最后的霞霓
进入江水流逝或平原的虚无。

七步诗

七步便可穿越厨房、卫生间、客厅

和卧室,抵达阳台。

七步便可穿越一个租客完整的家。

七步也可以在这个家里完成一首现代诗。

一个孤独到极致的人,

七步可以烧一壶水,照一次镜子,

绕过从不曾打开的电视,抵达那盆

从困境中出逃的桃花。

可以看见窗外海浪形的高楼,

那高楼偶尔也会海浪般地压过来。

花语

我歌颂流水

我歌颂流水
这并不是说我欣赏
奔跑,日夜不停
就蔑视落花

蜻蜓低飞
阴云带来雨的汛期
美人迟暮带来隐忧与恐慌
潮湿阻断翅膀飞翔
摇曳的树枝
寻找停顿的方向

流水弯弯绕绕
追索奔腾的航道
但是,没有什么比艾草穿透得更深
更持久

艾叶把自己烧到精光
才积攒,持续的力量

姜灿辉

芦苇

扎着灰白色的头巾
挤在一起
往事纷纷扬扬

水面一如既往地辽阔
当夕阳撒下金色的网
那些孤独的词语
便会变成一只只黑色的鸟
向远方
成群飞翔

邱红根

接 受

我接受这银杏叶无尽的金黄
如此盛大的集合。因纯粹而孤单
因深刻而合理

我接受每一片树叶的凋落
最后化作尘,归于脚下的泥土
风中的辩白,多么无力

秋风浩荡。我接受这忙乱却不慌张
万物自有它内心的轮回,我相信
每一种凋落,俱有深意

我接受老境将至。就像眼前的银杏
不因我的到来而悲喜

春　雨

铁舟

春天的雨，落到郑家铺的小河里

就变成了溪水的兄弟

落在干枯的树枝上，就点燃了

花朵的火焰

落到草丛中，就裁成了

薄薄的地衣

落到青石板上，又雕刻成了

流水的影子

雨后的清晨，三哥从乡下拖了几筐

吹弹可破的地捡皮

到城里，他像一个贩卖

火焰和影子的人

偶有人交易

他总是小心翼翼，用双手捧起

仿佛这稀世之物，稍有不慎

就时光一样从他指缝间

快速流走

百定安

十二月

在咖啡馆,你拿着一本卡瓦菲斯。
你,我,卡瓦菲斯
一起静坐着,仿佛见面
仅只为了比赛沉默。

窗外草坪,两只宠物在激烈辩论。
一棵树长在另一棵怀里
犹如木雕的圣母怀抱垂死的圣婴。
我们回想着难忘而将尽的一年
杯中之物就凉下来了

但其中的漩涡仍在。

刚才读那首挽歌时
你我确认了一下眼神。
我们模拟着卡瓦菲斯
写彼此的墓志铭。铭曰:
"肉体消失无声。
时间大于一切悲伤。"
而你的不同,你写道:
"在所有的模拟中,只有死亡
是写实的。"

第二辑

生命的奇迹：后口语写作

沈浩波

晚　安

侄女来北京

住在我这里

每天晚上去二楼睡觉前

都会来书房跟我说一声晚安

后来她才告诉我

以前没有对人说晚安的习惯

但当她看到我

身上那种

刺眼的孤独时

就忍不住要对我

说一声晚安

死去的亲人

去年八月的一个晚上
突然接到她的电话
她在电话里号啕大哭
说她哥哥死了

第二天我就飞去昆明
陪她守灵
陪她参加告别仪式
站在她身边

也许共同面对
一场生离死别后
我们之间的关系
能够有所缓和

我当然是想多了
没有这个可能

人们常常认为
死人有神秘的力量
能保佑活着的亲人
如果真是这样

她哥哥一定愿意
我和她还在一起

但是死去的人
并没有这样的力量
他们比活着时
更无能为力

快马疾驰

越建越多的高铁线路

越来越快的火车疾驰

故乡越来越容易抵达

昨天还天各一方的亲人

今天坐在一起打牌

中午聚在一起喝酒

暮色四合时各自星散

有人要去镇江上班

有人要去启东办事

我坐在去上海的高铁上

病魔缠身的大伯母

倚着门框目送我离开

太阳每天升起又落下

她正骑着这鲜红的快马

疾驰向漆黑邈远的异乡

伊沙　诗

在寺中立言
抑或游走八荒
讲经、说道
言说出一座庙宇

哭

三年前去日本
到京都、奈良
这两座比西安
更像长安的城市
我以为
我这个长安之子会哭
但却没有哭
只是充满无尽的感慨
但如果现在去
在这个紧紧拥抱
盛唐和李白的春天去
（据说那也是他的
转世再生地之一）
我一定会哭的

鸟　鸣

金瓶似的玉米琴

那只鸟

严力

清理了文学遗产后
我只留下一声尖利的
不分客套和形容词的
鸟叫声
我此生就是演练那声
尖利的叫
直到我叫成了那只鸟

那张照片

又过去了很多年

这天夜晚

都市郊外的半个乡下

与另一半的公寓楼群

组成了我感慨岁月的氛围

此时的壁炉点燃了自己的温暖

就像我被灌了两杯威士忌的体内

于众多情节中跳出来的一幕

是我当年某一次拆开来信时

面朝下滑落在地的那张照片

但今天

我迟迟地

不想把它翻过来

而事实是

公寓楼也无法把自己翻回到乡下

我和蓝天

那是我曾经见过的

最丰满的一团云

它懒洋洋地变换了几个

睡姿后

就随风飘出了视野

只留下张着嘴巴的

我和蓝天

杨黎

偷　牛

1721 年，阿毛他妈的牛
被阿毛的叔叔偷走
但阿毛的叔叔说，他没有
这事阿毛亲眼看见
当时他就在牛旁边吃红薯
只是他太小了
还说不出他叔叔偷牛的
整个过程。但这事
他憋了近 20 年
直到 1741 年的一个春天
他才忍不住揭露了
叔叔偷牛的全部事实

明德路

我曾经住过

明德路

住了三年。夏天

我喜欢在路边

喝茶

有时候就我自己

有时候还有

一两好友

无论是我一个人

还是一两好友

我们喝茶时

都不怎么说话

这是明德路

大学之道,在明明德

要少说

尚仲敏

边走边说

自从爱上了走路
很多习惯随之而变
过去和别人谈事
都是坐着，喝茶或吃饭时说
偶尔也有躺下说的
现在，无论多大的事
我都会一脸诚恳地
询问对方
我们能不能
边走边说

雨中的陌生人

雨天总让你心动
特别是深夜,雨落在树叶上
落在一个孤单行走的人
的雨披上
那个人是谁啊
在窗口你是看不清的
他为什么这么晚了
还一个人走在雨中
"星座不合是个大问题"
你似乎帮他找到了答案
但是雨,可能一直要下到天亮

赵原

拔花生

如果地球突然失去重力
这些待收的花生 会纷纷破土而出
飘浮在空中

接着 我和老张、老刘
还有三姐 会慢慢飞起来
越飞越高

最肥胖的老张
也能像黑鹳 轻盈地跃过树冠

三姐将在七千米高的空中
俯瞰她将要改嫁去的那个小村子

那里将不再有月光
等待盗贼 也不再有积雪
等待融化

老刘依旧在吸他的烟斗
这个一辈子没离开过土地的人啊
遥望辽阔 倍感辛酸

而我将到达大气层的顶部

仰望遥远的星系 和苍老的真空

没有任何事物可以抚慰我。

在这里 我将化为暗物质

等待重力恢复

皮旦

塔尖与树梢

我把塔尖与树梢看成同一类事物

树与树千差万别,树梢却似乎不用细分

塔尖呢?是木塔之尖?还是铁塔之尖

还是石塔之尖?其实这也不用细分

我在意的是它们,都有尖锐的一面

都呈现了从地底带出的力量以及对上升趋势的认可

一匹白马

一匹白马正在吃着草叶

草叶也是白的，就长在白马身上

是的，白马身上长着草叶

白马还长着一个奇怪的脖子

想伸多长就可以伸多长

这样白马就能吃到离嘴最远的草叶

比如屁股上的或脊背上的

可看起来白马依然是一匹马

白马身上的草叶吃不完

一个地方的草叶刚吃掉很快就长出新的

白马不急着吃那些新的

白马的意思是把所有的草叶

吃一遍之后再吃下一遍

白马有它不容更改的开始

图雅

小　舅

在这天寒地冻的时候

突然想起小舅

外婆生下的子女只剩他了

这个农民

总是乐观的样子

他的姐姐（我的母亲）躺在冰棺里

他坐在旁边聊天

有说有笑

也只有他从来没让我感到畏惧

可能是我对他了解太少

接触太少

小时候冬天在外婆家

他从田里挖荸荠

款待我们

我结婚办家宴

他一趟趟去孙村街河里洗菜洗碗

记得那天很冷

路边有雪

这么少的记忆在这个冬天跳出

温暖了我

里所

儿时过冬

晚上给瓷壶

装了热水放被窝

早晨把赖床不起

我的凉棉裤

拿到炉子上烤烤

塞我一个热鸡蛋

暖手

往我鞋子里填

软软的苇絮

想来想去

童年冬天暖和的记忆

都与奶奶有关

爷爷呢

有一项

用他洗过脸的热水

洗脸

一股热腾腾的

老头味儿

在他去世十三年后

又扑鼻而来

波尔多熊猫

秘鲁诗人莫沫

坐在晨光中

用汉语告诉我

她有多想念汉语

她说相较于

英语的时态西语的变位

只有汉语

最简洁先进

能让人的大脑充满想象力

而她近来最常使用的法语

复杂得简直就像

法餐的就餐礼仪

半熟？七分熟？

够了

她果断宣布

世界通用语应该

改为汉语

并立即践行这一论断

把她的院子命名为

汉语语言区

她激动地和我交谈

把智利诗人帕拉的诗

从西班牙语翻译成汉语

大声朗读

她的听众除了电话这端的我

还有树上的鸟

墙上的猫

而当初她选择买下这所房子

也正因为

波尔多少见这种

种满竹子的

院子

她说

这很中国

就像在四川

维马丁

梦见受伤的自行车

梦见一匹受伤的自行车
也许是一头拉车的鹿
不知道应该用什么量词
棕色的,非常漂亮
正要把它从一个篱笆拉开
当然需要小心
好像是女的,不确定
她很安静,应该很痛苦
我觉得有人伤害她了
身体是跟自行车扣在一起,
有纽扣
也许是棕色的皮跟金属
梦里一点儿都不奇怪

早

早上起来一切都完美

脆弱所以完美

人脆弱

天脆弱

早上起来脆弱就完美

劳淑珍

我醒来说

我醒来说:
"我梦见我没办法
需要找到一份
真正的工作"

你翻身说:
"那么,你
找到了怎样的工作?"

但我并没有找到
什么工作。只是
梦见我需要找到
一份真正的工作

于是在梦里感到
非常非常痛苦

这么一种孤独感

有时当人给我写信
说喜欢我的诗

我感到更孤独。这是
一种很难解释的感觉

我一直暗暗在想,每次写
就背叛生活本身

它只在发生,我抓它
把它塞进语言里

看它慢慢掐死

这么一个小孩子
握着蝴蝶去找妈妈

这么一只小猫
咬着老鼠去找主人

这么一种
把死物

伸向你的

孤独感

庞琼珍

雨后爬上步道透气的蜗牛

用一根细草茎

轻触尾部

等它的头缩回壳内

轻轻挑开

黏液紧附地面的身体

拨回草丛

旁边的同伴已被踩碎

再小的生灵也是条命啊

在草窝里平安静老

百 合

姨妈睡在病床上

宛若一枝百合

头上 颈间缠着纱布

这是开颅手术第七天

表妹贴在耳边喊妈

姨妈不醒

仍睡在她的星辰大海

她是婆婆的孪生姐姐

今年 82 岁

9 岁去当童养媳

生养 4 个儿女

她的一生太劳累了

表妹想掰开她的眼睑

姨妈紧闭双眼

再也无法顾及

远道赶来的我们

没有意识

善良和天真

让她睡态安详

好像身上没有插着

鼻饲管

气管套管

只有微细的呼吸

宛若花瓣收起的百合

睡在她的子房

大九　　看不见的河

院子里

种了几年黄瓜

今年收获最多

每天几十根

送亲友许多次

依旧吃不完

三十年前

母亲在老家院里

每年种一畦

二里路外

挑山泉水浇

也结不了几根

有一年

黄瓜大丰收

家人都觉得反常

但是母亲好像知道玄机

说地下有条河

正好流到我们家了

母亲这话

一晃又到耳边

三十年前

流过我家

一条看不见的河

又流了回来

鱼　刺

方妙红

给家里打电话

又说起外婆的近况

她的喉咙

被鱼刺卡住了

医生夹不出来

又不能做手术

只能回老家休养

衰老和死亡的阴影

总能从爸妈的手机里

幽幽地渗过来

不能因为鱼刺死掉吧？

不知道，很难说

然后爸妈又照例说起

他们的养老问题

到时候我们被鱼刺卡住了

你会在哪里呢？

我顿时如鲠在喉

瑠歌

无　题

午后巷子深处
一支芭蕉叶狂乱地绽放到废墟中
幸福的人们躺在角落颓废地晒着太阳

空荡清冷的夜晚
卖寿衣的小店被铁墙封住
一个失意的女人站到二楼窗台上
被她的男人劝了回来

走进快餐店前
我用手机拍下了
霓虹色线条之上的月亮

内心期望着不可磨灭的诗篇
在修改中
却越发空洞

无论何时
眼睛将注视着
隐秘的时刻

拆那·喜悦

刘不伟

上午七点多

吃完奶

一岁零两周的女儿

第一次

晃晃悠悠站起来

走了两步

停下来

笑

那不是一个孩子的笑

那是人类的喜悦

王大块

一滴雨

一滴雨落在楼顶上

不是落在,是穿过

从二十二楼到六楼,又在我坐着的沙发旁边掉下去

一个触目惊心的小洞

我跪下身,眼对着眼

睁一眼闭一眼

深不到底,白亮亮的一片

仿佛电影中的光环

仿佛通往宇宙的路径

那一端不是加利福尼亚

加利福尼亚只是个开端

大荒,无边不尽的黑,无边无尽的亮

隐隐有些烫人

棒棒糖

小男孩嘴里叼着棒棒糖

踩在篮球上

一晃一晃

就像我踩在地球上

扶不稳自己

少 年

莫高

每次回乡里

在老屋子后面的山坡

我总是希望遇见一个少年

坐在坡上

双眼焦急地瞧着通往镇里

唯一的小路

没人知道他在等什么

就像他每次从学校回来

那条花狗

站立在山坡

等他的架势一样

要说区别还是有的

少年眼里还有天空

云朵和四周的花花草草

那条狗

眼里却只有它的少年主人

后乞

林边的妈妈

妈妈站在林子那边

落叶拂过她的裙摆

她伸手招呼我

可我两腿陷入草丛

蟋蟀在脚边群起鸣叫

我大声喊她

她没有回应

转身朝树林外走去

天突然就黑了

我知道这里离家不远

家里的厨房亮起灯

妈妈一定换下了裙子

想到这个

四周的黑暗令我心生温暖

租房小记

这房子有大大的飘窗

猫一样的沙发

但我和我亲爱的朋友

能否在这里住下

取决于跟我们同龄的

房东情侣

打算什么时候结婚

他们一个在大学当老师

一个在医院做医生

我们的工作则是编辑一些

他们也许没听过的书

他们温和地告知我们

本周末与长辈通话

会作出最后的决定

嫁　妆

李美贞

木料堆满厂房

爸爸在刨花满地的

工作间忙碌

我守在旁边

等待用完的墨斗

模仿他弹线的样子

还未找到方法

又被他手里的刨子吸引

来回推拉

散落的刨花

比雕花阶段

更令我欢喜

为待嫁新娘

打造用品

是件幸福的事

但是客人提货那天

他却有种嫁女的心酸

大　鹅

庄生

在外漂泊
多年
一只大鹅在回家的季节
抖动翅膀
鹅毛
纷纷扬扬
覆盖我那卑微的故乡

床底下那一只手

床底下那一只手
会把被子
从床下送上来

刚开始
我恐惧
后来
我惊喜

床底下那一只手
透明
有力

在梦中
会狠狠拽下
压住你喘气的
身体

第三辑
青铜的光泽：先锋写作

臧棣　　　反　诗

几只羊从一块大岩石里走出，
领头的是只黑山羊，
它走起路来的样子就像是
已做过七八回母亲了。
而有关的真相或许并不完全如此。

它们沉默如
一个刚刚走出法院的家庭。
我不便猜测它们是否已输掉了
一场官司，如同我不会轻易地反问
石头里还能有什么证据呢。

从一块大岩石里走出了
几只羊，这情景
足以纠正他们关于幻觉的讨论。
不真实不一定不漂亮，
或者，不漂亮并非不安慰。

几只羊旁若无人地咀嚼着
矮树枝上的嫩叶子。
已消融的雪水在山谷里洗着
我也许可以管它们叫玻璃袜子的小东西。

几只羊不解答它们是否还会回到岩石里的疑问。

几只羊分配着濒危的环境：
三十年前是羊群在那里吃草，
十年后是羊玩具越做越可爱。
几只羊从什么地方走出并不那么重要。
几只羊有黑有白，如同这首诗的底牌。

九万里

蔚蓝的九万里。我这样想。
蔚蓝的心灵。我这样偏离着。
车门打开时,菊花的妹妹叫喊:
"到了,到了,边缘终于到了。"

青翠的九万里。有时,
你会代替我做出类似的假设。
青翠的人生。它的排气孔就凿在你的吩咐里:
"今天晚上我们去吃川菜吧。"

先来横的,再来竖的,
橙黄的九万里。我这样倒掉一盆水。
意思是为什么有些路看起来
像一个男人,或一个女孩。

多么隐蔽的分寸。如此,
我正坐在遮阳伞下,吃槟榔,
看鸥鸟捕捉阵阵海风。一个词
早在我抵达之前就已解决了许多难题。

余怒

地平线

夏日傍晚,

我去观察地平线。

那儿,一会儿,有东西跳出来。

再过一会儿,又有东西跳出来。

仿佛是为了这里的平衡。

不是太阳月亮星星,

不知道该叫它们什么。

在江堤上,我躺下来。

这么多年不停地衰老是值得的。

这么多年没有任何东西出现消失,

没有任何意义上的惊喜,

地平线从来没有抖动过。

低　语

桥下，一条蛇在游泳。

脑袋昂起，凝视我数秒钟。

我觉得它传递给我

一种信息（这完全可能），

但究竟是什么，我也说不清。

河堤那边，椋鸟、

野猫和黄鹂在叫着。

各种语言的使用者不相

往来的妙处——谁安排的？

这些都是空间问题。还有这些。

那么长时间我在桥上，

感受流星的微小辐射。

梁平

耳　顺

上了这个年纪，
一夜之间掩饰、躲闪、忌讳，
绕开年龄的话题。我恰恰相反，
很早就挂在嘴上的年事已高，
高调了十年，才有了炫耀。
耳顺，就是眼顺、心顺，
逢场不再做戏，马放南山，
生旦净末丑已经卸妆，
激越处过眼云烟心生怜悯。
耳顺能够接纳各种声音，
从低音炮到海豚音，
从阳春白雪到下里巴人，
甚至花腔、民谣，摇滚，嘻哈，
皆可入耳，婉转动听。
从此世间任何角落的杂音，
销声匿迹。

借一双眼睛给阿炳

阿炳的眼睛瞎了,

太湖水冲洗不掉太多的阴霾。

一身道骨被仙风轻描淡写,流落街头。

惠山脚下,二泉映照的月亮,

惨白。二胡行弓的滞意与顿挫,

绕指江南的风声、雨声,成断肠。

每次在他的塑像面前,

我为自己的一双大眼深深自责。

想把我的眼睛借给阿炳,

看见鲜花和满世界对他的仰望。

但是什么都看不见了,

看不见小泽征尔翻飞的指挥棒,

大师一低头的泪涌,跪拜的定格。

所有看不见的震撼,

都在阿炳两根弦的中国琴上,

汪洋向远、向无边的辽阔,荡漾。

赵野

五 月

年过半百,终于相信
生命有很多来回
执念吹起往世的白发
和明日的眼泪

河水一路出新意
渡口闪闪发光
对面树上,那只鸟
定要把我带回从前

五月,觉悟值得期待
南风不常不断
行星在天上运行
对我一直都很慈悲

快乐留不住啊
痛苦也会过去
年过半百,我终于
读懂了落花的句法

河流振翅欲飞的时候

一

河流振翅欲飞的时候
词语开始绽放

心欲丈量天空的广袤
承接神的言说

存在是一种宏伟叙事
让我们戚戚战栗

落日谈玄,峨冠博带
庄严沉入大漠

二

末劫怎样渡,青天蒙昧
不染岩上花树

众生中的我俯瞰众生
端坐百尺竿头

大把的黑暗溢出手掌

吞噬光的伦理

白马驮来西边的典籍

立定中州精神

三

无论如何不要贬低生命

虽然，诸漏皆苦

此世的可能鸢飞鱼跃

但命名心爱事物

香烟尽处验出真教条

虚空纷纷破碎

更好的句法悄然而至

五月桥上拂过

四

这一切可否松弛下来

像你的花布衣裳

婉约的问候，像鸟儿
应和山谷回声

欢筵都会结束，何如
铭记温暖的细节

狮子在东边云中隐去
世界并未完成

注："光的伦理"语出诺奇克；"世界并未完成"语出马勒伯郎士。

谭克修

橘子洲

我帮副驾驶位置瘦弱的身体系好安全带

他安静地坐着

由于对城市过于陌生

有些兴奋，一路上左顾右盼

也有些怯意

好像不再是

有着古同村粗嗓门的男人

车开到橘子洲大桥

他望着宽阔的江面啧啧称奇

作为村里有名的木匠

很好奇这么长的桥怎么建起来的

我们的目的地是橘子洲的石像

他看石像的眼神很虔诚

也看到石像周围的橘子熟了

但我们的车冲过大桥的临时警示牌

驶入橘子洲时

这里已被洪水淹没

只剩下一些高的橘树

将树尖上的青涩小橘子奋力举出水面

父亲瘦弱的身体

不知何时已从副驾驶位置消失

爬山小记

脚下的胶鞋能像注射器吗
把一个气喘吁吁的中年人
体内的脂肪和湿气
一针一针,压入山体
你年纪轻轻
就害怕身体里下垂的东西

几只柳莺在老樟树上跳跃
又轻快飞过
无意中亮出一对沉重的
厌倦飞行的翅膀
下山的人,脸上写着胜利
脚下像溃散的逃兵

让那个脸色苍白的男子
扶着岩石呕吐吧
他越来越虚弱
让他在岩石上趴一会儿
没人能阻止他,越来越像
一片被岩石呕吐出来的苔藓

你一路寻找爬山的动力

并再次求助于夕阳

但，它不过是

通往黑夜的一个陷阱

它很快会把月亮赶出来

蹲守树梢，像沉默的猫头鹰

罗振亚

遗　言

太阳失职地瞌睡

父亲一句话说到一半

再无牵动黑夜衣襟的力气

盆景里的石头哭开了花

另半句话埋在土里

七年也不见嫩芽的影子

或许父亲欠这世界的

只是一声从未发出的咳嗽

八十年的每一个脚印

都是一句最好的话

别再和我谈论秋天

除了金黄的稻束之外
田野上肯定还站着些什么
一如表情游移的风

父亲的眼睛一闭
果实、树木和村庄也就死了
成熟的河流没了归路

如果麦子与苞谷都不说话
北方的名字就叫寒冬
此后别再和我谈论秋天

向以鲜

割玻璃的人

手中的钻石刀

就那么轻轻一划

看不见的伤口

纤细又深入

如一粒金屑

突然嵌入指尖

你感到如此清晰

疼痛　是一种词汇

而血则是虚无的意义

清脆的悦耳的断裂

在空旷的黄昏撒落

却没有回声

声音的影子似乎

遁入雕花的石头

这是你最喜爱的声音

纯粹、尖锐而节制

午夜的钟或雪花

可能发出这种声音

那时你会醒来

并且精心数罗

你是极端忠诚的人

几何的尖端常常针对你

准确的边缘很蓝

你感到一阵阵柔情四起

那是对天空的回忆

设想一只鸟

如何飞进水晶或琥珀

鸟的羽毛会不会扇起隐秘的

风浪　让夜晚闪闪发亮?

当浩大无边的玻璃

变成碎片

你想起汹涌的海洋

想起所有的目光、植物

都在你手中纷纷落下

森子

我躺在我眼睛的房间里

我躺在我眼睛的房间里

眼外是春天

咕噜了一宿的雨

终于说完了牢骚话

每个正确的白昼都将审视

垃圾桶是否填满

大多数昆虫已早起

飞往每个单位的压力系统

镜子在叫我,人呢,都去了哪里

快乐很浅白

吐出金鱼眼的气泡

懵懂中好似记得

昨晚游过眼角的红海

孤独的帆最好不要高悬

同海盗讲什么理啊

有本事就干翻他

在言语中耍横算不上勇敢

办法已经休克

内容还来不及抢救

灵魂在形式的窗外

如一只咕咕叫的鸽子

你同你的肢体谈直立行走的条件

一动不动反而走得更远

而且不必担心

如何驶出思想诡异的港湾

我躺在我眼睛的客房里

镜中没有主人

但有脚步声水银般冒出

你离开你的眼睛

就像关灯以后

进入紫外线的卧室

身体已被回收

春天的肤色已有些浅绿

柳树垂下透光的意识

翻动你后背的一只手

打量你的骨盆

（兴许还能生育仙人掌或蕨类）

这时，从你眼皮上

走来两个打哈欠相互影响的人。

序 曲

清晨渴望自己是渴醒的

作为容器跑进厨房

贴瓷片的窗台下

凉白开水杯散发幽蓝色的光

起床的节奏依据心律的快慢

咕咚一大口

森林的腹腔便有蝌蚪访问

青草镶边的池塘

黑熊的迟钝来自印象的误差

庞然大物的敏捷不依赖于速度

而是深呼吸的大脑

触底反弹后随手穿上了短裤

行动的理由产生手臂

以镂空的T恤搭建一座瞭望塔

不是你的反应太迟钝,而是思想的静电

擦出的火花还留在床头。

马拉

这就是诗

诗人总是幻想能够留下一行,像是
时间中的皇帝。我也有过这种幻想
为此,我终日劳作。
我有丰富的痛苦和热爱,我没有说;
纸上的汉字如果有灵魂,也是被呈现
汉字无意义,它只有躯体。
我从不相信语言,不相信被写下的一切
说得太多了,语言不需要这些。
老人在冬天的树林里铲雪,这就是诗;
落花在地上等我,这是伟大的诗。
诗早已被写下,诗人只是幸运的发现者
时间给了稳固的事物更好的运气。

天上大风

加里·斯奈德写了一首《牧溪的柿子》

提到一个叫牧溪的南宋禅僧画家

还有他被誉为禅画经典之作的《六柿图》

据说,牧溪的画在日本深受推崇

幕府收藏品中将他的作品列为上上品。

多么奇怪,我通过一位美国诗人的诗

知道一位中国古代画家在日本被人偷偷喜爱

好奇心驱使我搜索到了图片

六个浓淡不一的柿子摆在那里,空无肃静

浓墨点出的果柄像六个沉默的汉字

难以言传的神秘美学,像面对星空的巨大震撼

像大师在寂静中到了顿悟的时刻

良宽和尚想必读过《六柿图》,天上大风

天上大风,古井的波心和天真的微澜。

何向阳

明　白

我对这世界懂得的

还不如

对这世界的道理

懂得更多

我叫不出对面

这棵树的名字

果实它的种子

来自哪里

却知道的是一些

不值得知道的东西

我其实还不如

桃树旁边的桂树

更了解桃树

我只知摘下它的叶子

夹进书里

而它孕育、开花的秘密

我知道的并不比

一株桂树

更多

我知晓太多的道理

而关于一株桃树的

花期

我又何从知道

如果不是桂树

轻声俯身

向我

低语

独　居

石榴、苹果

来自澳大利亚的柑子

红的、绿的

和橘黄色的

我再数一遍

如今

我和你们唇齿

相依

但这依存如此脆弱

抵不住

一次次地

咀嚼与吞噬

中午的汤还未熬好

匈牙利牛肉汤

已是奢侈

我从一个房间

踱到另外一个

反复丈量

卫生间卧室

书房间的

距离

是的

你们各自有事

远行

或者独居

只余我日夜看着

逝水和

镜中的

自己

李笠

醋栗

你把我领到苹果树下：一株
灌木。你从带刺的枝上
摘下一颗珍珠似的浅绿果子
放在我嘴里："请尝尝醋栗！"

这就是让一位浪漫主义诗人
视作天堂的果子？它有
橘子的味道，但更浓烈

"这和漫长的冬天有关！"你说

此刻，八月的一个清晨，当
两头鹿在苹果树下闪现
我又看见你被醋栗的刺
扎出血的手指。那时我们多年轻！

这玫瑰

跟里尔克和布莱克的玫瑰

不一样——简单

风来了,她吐露芬芳

风去了,她吐露芬芳

跟客厅里的玫瑰也不一样

她在暴雨中跳舞

把抽打当作掌声

谈玫瑰,你必须说:这朵!

跟我在别处看到的玫瑰

都不一样。她是我种的。她

让我每天清晨走向阳台

她高过教堂,磨亮月亮

她会凋零,但不会

背对我。她微笑着看我向她举杯

李成恩

鸟　鸣

鸟鸣弯曲，一条自然的管道
通向大海的清晨
乌云的翅膀收紧鲜花的窗口
雷声滚滚，无限放大的鸟鸣
忠告有时轻，有时重
砸在我头顶像一只睡眠中
突然下降的大鸟

大鸟发大声，小鸟鸣啾啾
我一只耳朵倾听鲜花盛开
另一只耳朵里大鸟在争吵
它们是世界平衡的两极

爱有爱的优雅，一个人提着鸟笼
在北方的胡同溜达，另一个人
骑一只大鸟飞向南方的大海
我就是"另一个人"

鲜花盛开的海边
海浪弯曲，像蓝色的饥饿的蛇
向我扑来，它抬起大海弯曲的头
要么吞下整个大海

要么被大海吞没

大海是一条宽广的路
饥饿的人
在大海上狂饮海水与落日
我耳朵里的鸟鸣
被大海放大为阵阵雷鸣

李之平

病重的母亲

每次跟她说完话

我都是站在她背后

我知道眼泪又要流出来

不能让她看见

我问的每个问题都是

宽心她摧折我

让她回忆是我在悲伤

让她描述现在是我陷入绝境

生死没有答案

只有经历

在昏沉和垂亡中

梦想是遥远时代的词语

她只知道：活和死都一样

没有特别想法

人家几时叫我走

我不能不走

这话是我替她答的

她也再不会说，多想像

以前一样快步如飞

封存的心血无法提供足够氧气

让她充满光明的期待

哪怕第二日，第三日的活着

都是麻木的证词

喻言

我给天空动手术

又是阴云密布的夜晚
我给天空做破腹产
从云层的缝隙处
取出一枚
瓜熟蒂落的圆月

此刻,如果你抬头
明月正好照在你脸上

向植物学习

我向植物学习一门外语

学会用词语刺激花蕊

让春天提前

学会用体气发布警告

迷惑天敌

某夜,月光下

我在花园

用植物的语言

发表一场演讲

人间毫无反应

昆虫界持续震惊

王桂林

潮水涨满海湾
——致燎原

潮水涨满海湾。黎明盛放
每一次梦醒,皆如混沌初开。你记录
然后疑惑:文字与影像能够留下的
海水亦可以复制,或者删除?

而海堤,正朝向光明的码头
弯曲虎鲸银亮的脊背,
为潮水一次次赋形,为诗
找到沉稳而律动的句法。

光,溢出云层,也溢出海平面。
诗不仅仅为幻影造像。
孤独的海鸥,却在词语无助之处
嵌入一枚黑色的叹号!

而大地依旧沉重,承载眼泪,
欢笑,果实和灰烬,盛典与苦难。
挖掘机难以挖掘的,词语
亦无法穷尽。

还是让蓝天的蓝尽情倾泻下来吧!

普世的光辉，不止播撒到屋宇和松林，
也让冰凉的潮水承接此恩宠，
让一颗心，上下翻飞的鸥鸟，

及其塔吊，及其孤舟，及其水泥台步
对于大海坚硬的拒绝和试探。
一任昨天的海水，在一朵朵蓝色上
镶嵌出白色无望的蕾丝……

也许每个早晨都是同一个早晨。但不是
每一次照耀都会带给你预期的温暖。
有多少词语的锋芒被潮水磨钝，
就有多少梦，不能被这个早晨说出。

双岛湾黄昏
——致燎原

你总是更喜爱另一个太阳
胜于众人所仰望的

不是幻象,亦不是虚构
它从双岛湾涌进你眼中

一个庄严下坠的词
绷紧,然后松开——

如此丰润,如此温柔
如此经得起岁月的蹂躏和磨损

灿烂的湖水迎向它
湖水愈加辽阔而平静

晚秋的树木迎向它
重新涌出新鲜的液汁

哦凯旋,哦赞颂
哦你仰泳的,朝向天空之脸

一首诗的结尾恰好是

另一首诗的开头

坚信黄昏总会落下

坚信黄昏落下然后升起
、

一些事物被时间之灰掩埋

一些事物永不消逝

为什么湖水和泥土不会变旧

沉落也能唤起喜悦

挖掘机没有凉下来,世界也还有

它炽热的肉身……

吴小虫

夜抄维摩诘经

如果可以，我的一生

就愿在抄写的过程中

在这些字词

当我抬头，已是白发苍苍

我的一生，在一滴露水已经够了

灵魂的饱满、舒展

北风卷地，白草折断

我的一生，将在漫天的星斗

引来地上的流水

在潦草漫漶的字体

等无心的牧童于草地中辨认

或者不等，高山几何

尘埃几重，人在闹市中笑

在梦中醒来——

我的一生已经漂浮起来

进入黑暗的关口

而此刻停笔，听着虫鸣

正　反

许多时候我感觉自己已经死了

我是在代替一只猫，或者代替另一个人

活着。

活他们未完成的生命和梦，爱与悲欢

在一瞬间，地水火风

一个事实是，一只猫或一个人

可能在代替我们死去

死去我们的悲伤、寒冷和灰烬

我常常用此反驳自己

就好好地享用现在并以一位死者的心态

从墓地返回的幽灵提醒世界

轻点，轻点，别让天平倾斜

木叶

高声叫嚷

她不断递出"事件"——

波动,不稳定,如
装订错乱的古典主义小说,没有头绪。图书馆里,她在不同寻常地

高声叫嚷:

"谁爱看啊,如有可能,我愿
重新做回一根竹子。"

我听见"咔嚓咔嚓"

竹笋被轻快地
细细剁碎的声音,在隔壁"食为先"酒店的后厨。

叫嚷声

逐渐低下去,变成嘟哝。直到这时,管理员才严肃地走了过来,看着她。

陈新文

镜中一生

旷野开了一朵花
镜中一定在开
另一朵

窗前闪过一个影子
镜中为什么不
香气弥漫

站在镜前
迎面撞上
一个无法抵达的自己

镜子映照着我
这世界即时拥有了双份孤独
以及其他

面对镜子
我想象已做好
一切加倍奉还的准备

春水谣

祖母看见

春水倒映的月亮

将众多的白银

倾倒在美丽的土上

清晨早已消散

屋檐下的阴影

恰如白雪完整的反面

照耀她年少的梦中

那不可磨灭的幽香

一支歌被水流传多年

如今越发令人伤感

春水倒映的月亮

是人世一段难以企及的愿望

其实永远在天上

罗声远

寂寞的结构

一个人和他的影子合谋的时候，
寂寞可细分为几个层次：
冰，石头或者钻石。

万家灯火，不取其中一盏，
那些终生为稻粱谋的人，
正穿行在刀锋之上，清风祝福他们。

分出一生中的二十四小时读二十四史，
到中流击水；分出雪夜关门读禁书前的一秒钟，
关心邻居，气候和木星。

真正的寂寞不是流水，而是清泉不肯流入心灵；
正在发生的远远大于我们的经验，
但不包括："母亲是世上唯一不变的事物"。

空　地

我洞见了忽视，你看见了存在，
三角型呈善，菱形呈美，
叹喟寂静所拥有的湮灭一切的力量。
可见地球的张力，
足以在瞬间，
把你拉入当下，将我推入洪荒，
互作时间的人质，
蒿草孤寥，
没有哪一只鹤鸟飞出自己的皮肤！
我们在体内饮酒，
恋爱，划船，
建立完备的象征，以回应美的要求。

谷未黄

"从水中取走我要的夕阳"

我们发现你的身体,像人间的财富

全部浪费在草堤和冬天的鲜花上

一如往常,水在悲伤

它们丢失了波浪

水的心肠慢慢变硬,它们团结一致

怎样治疗我的泪水,这些双胞胎待在我眼眶里

它们有两个门,可以冲澡

温柔时刻,我被剥夺了爱的权利

改变了风存在的方式

一个浪花,或者所有浪花——

它们在河床上训练身体

等水结疤,痊愈

罗铖

歇湖上草堂

古木几案上映着线粒状的晨光

如向远的流水平缓。河床从未静歇

捧着卵石塑古老的执念

只有凡人容易盲失,囤守凉阴与沉静

又起步于春色和好奇,如果微风刚好经过

瘦西湖的百年紫薇托举着我们的假寐

引众鸟行吟,一声接一声

没有停顿,屋里有人正诵着即兴诗

草堂对岸,草木将圆满的翠绿如数递给我们

而我们,只能收纳这美善的散碎,至光的幻影

诗

自我异化,在黑夜里

化为云的精神思想

不创造诗篇,整个世界

寂静而空白,星辰递给我词语

我在那些词语中修习对世界的观看

当云又慢慢变成黎明的雨点

赵俊

虚构的地名

也许，那地名从未走下嘴唇，
你无法吞咽这美丽。
所有试探都略显徒劳，
空中楼阁已远离视线，
从不曾附身于你。

有那么几次，勇气变成火器，
灼烧着被缚的双脚。
从未有人告诉你
旅程会变成一部探险小说。
它将死去，已亡灵之姿
阅读你所有在陋室的表情。

在一个不需要饲养马匹的年代，
你的大能是忘掉导航。
走错路，会带你去未知之路，
而你的今天誊写着昨天，
在吴语区和粤语区徘徊。

北斗星曾带你流浪，
而你已忘却那些夜晚。
如果你从光污染中逃脱，

请你一定要找回星群的钥匙，

那里曾珍藏你所有未尽之梦。

程立龙

秋深如针

秋像一条笔直的路

越走越细

直到细成一根针

穿在天际线上

不缝合被撕破的水面

不缝纫棉袄棉裤

针尖上的冷缝进厚厚的泥土

一针接一针

针太细线太长

偶尔缝缝人间悲喜

某 时

子时把夜一分为二
午时把太阳一劈两半
其他时辰呢

不必在意寅时卯刻
每天有完整的太阳出来就好
星星像弹性的尺
把夜从头量到底

我裹着夕阳来到人间
通红的时辰
映照着母亲的脸

当我把自己活成酉时
母亲依旧年轻
也许被晚霞晕染过的人
一生都应该鲜红

唐晴

火车摇啊摇

十八岁,第一次坐火车时
在茫茫黑夜里,车站如同一盏孤灯
漫天星辰,天空远比大地璀璨
而天空高远深邃,吹来阵阵凉风
我们留恋人间,因为人间有爱
漫长的旅途成为幸福的摇篮

失　眠

你要对付的不是寂静，荆棘丛生的世界
你要对付的还有自己内心的狂躁
一个为生活流离失所的人，肉体或者精神
总有一个无法跟从自己。被自己放逐
被黑夜之刃刺伤，忍住了长啸
任一群野马在原野上奔腾

林莉

月 亮

有什么在凝视着我

跟随着我

偶一抬头,只见高处

一轮月

饱满而明亮

我穿过一棵樟树,它就

穿过一棵樟树

我停下来

它便泊在树影里,一动不动

我微笑着

低头继续走着

再抬头

它已隐身

那是在春天

一个深夜

在空寂无人的路上

月光透过

刚刚生发的香樟树冠

默默尾随我走了很久

那时，整个夜晚充满了

樟树和月亮

孤独的气味

我的脚步变得轻盈

仿佛不经意间，我被一个月亮

安静地喜欢过

邓晓燕

必　须

水珠是什么精灵

疲惫时被唤醒

它那么充盈、热情满满

一颗、两颗、十颗

滚动在明暗交错的山谷

必须把光阴耗尽

必须把干净的事做完

必须像白月一样吸收光晕

了解了年深日久的责任

它穿过我的低头、含胸、俯仰

一道亮光

哦！皮囊终究是皮囊

怎能包裹住人世的欢愉和哀伤

这渗透肌肤的小嘴或尘埃

这大把银子不愿离去的尖叫

害　怕

徐汉洲

他仰面躺在田埂上

透过草帽缝隙

看着白云

一会儿变成羊群

一会儿变成牛群

他好想白云变成奶奶

他也不想白云变成奶奶

因为他害怕

奶奶看到他在哭

酸 橘

同事给我几个橘子

很硬很丑,土里土气

皮肤粗糙长了斑块

根本不像鲜嫩多汁的样子

看它一眼我就满口

冒酸水,想它一下

我就满口冒酸水

橘子像个闷葫芦

入侵我根本无须接触

同事说,这就是你经常

说的野生水果,无污染

无残余。我说很酸吧

同事说肯定,你要轻轻揉搓啊

揉搓到很软时再吃

应该就不酸了

李发模

安　静

安静透明，流淌着渴望，似水似空白
平静如谜

如谜的湖上，白鹭之飞
清亮似女子，静若处子
卵石经淘洗，沉在水底

有什么正淹没过来

形声渐老

有形得见，有声得听，都得到了吗
万物纷杂

有始有终，有存必亡，不具形态之风
没去太远，在人心往返
形态遇见聋瞎，悟觉大哑
日精月华

寂静击钟鼓，惊心动魄轰隆
炫耀虚妄，玄妙拄杖
形色也会渐老

甫跃成

领舞者

丈母娘不知道广场上的领舞者
上班时间是干什么的，
就像我不知道单位里打扫厕所的清洁工
下班后是干什么的。

丈母娘不知道，也没去问过，
她们只是越聚越多，在她身后翩翩起舞；
就像我不知道，但并不打算无缘无故
去关注一个清洁工的业余生活。

所以我总是满足于我所见到的半个人，
并认为，那是完整的一个。

当然有时也有例外。比如今晚，我偶然
从母亲们的行列中穿过，猛地发现
那个领舞者，跟单位里的清洁工
原来是同一个人。

罗秋红

胎　记

雪，是母亲锄柄上的胎记
是她肩上的一担芦梗
是冬日暖阳下母亲佝偻着身子
把骨骼的盐烧成本分的底线
烧成慈悲心随处可见……

哦，昨天又下雪了。我看见母亲
站在梅花的芬芳里，佛颜素面
雪花的眼神与她的眼神高度一致
神照着她的黄昏和清晨
风中的冷被一把锄头的胎记隔开
一担芦梗义无反顾投入冬天格调

而我醒来后，退入尘埃
一把锄头的胎记也咳出玉壶冰心
而雪还在继续下。
为下一个胎记制造一个
惊世骇俗的圆圈。

贺永强

树叶经过人间

树叶在身体里坠落

经过我的眼睛和心腔

没有任何迟疑

砸在冬天的青石板上

会合了两只惊恐的脚印

树叶经过人间

被人间碾得粉碎

疼,不疼,都是人间的命运

在人间,人们看到的最后结果

树叶

与人一样归零

明年,它与人一道仍将出发

去人间

举例说明

每个彻夜失眠的人
都没有时间去梦想

每个酩酊大醉的人
都来不及孤独

每个抛头露面的人
都无法隐藏悲喜

每个活在诗中的人
都注定把诗当成生活

每一个衔着秋叶归来的人
都注定收藏了整个春天

这不是全部的人生
这只是举例说明
比如每一个鸟一样飞过天空的人
在对流层或平静的云顶
常常俯瞰一些地面上仰望不到的光景

雨田

烟雨或麦积山

穿过眼前的烟雨　　林荫道上的人群和我
便成了礁石　　而我真的不该忽略那棵怀旧的古槐
我以为跨过一层层栈道　跨过盘旋在空中的绝壁
就会成为佛　　其实这绝唱的洞窟里也暗藏着玄机
对于一个异乡人来说　　麦积山有着一种不可告人的坚硬
和孤傲　　就像月亮照亮着旷野　山冈与河流

当我用深邃的目光打量着这里的一切时　　岁月
也穿行在山山水水间　而此时我的心思并非在这里
但体内的血早已浸入无人知道的深渊　　行走在孤峰
我是否能抓住飘在空中的那只风筝　无限的空间
谁的存在让我苦思冥想　　我多想让这暗淡的地球
把自己磨成一把锋利的刀　　让刀光面对漆黑的人世

烟雨中的我一瞬间多了喜悦　　好像也多了些
悲欢和隐忍的苦楚　　难道是我的灵魂产生了虚幻……

唐驹

影　子

对着影子回忆

又轻又薄的

一直向上飞动的太阳给它的礼物

不知放在哪里

我说你脑中那块岩石为碑

你眼中的黑炭火

毫不犹豫地题写天涯海角

在岩石中间你请人做客

我在你们搅动海水时仍下铅石

海底的另一种磁力

使鱼群鲜艳活泼

赌徒哑口无言

你的掌心

星星呼吸的声音

伸出五指感受磁力

她的潮湿的眼睛象一丛森林

弯弯曲曲的体形衬托出韧性

她说相依为命的灵性是一种荒诞

水和花吸收空间假想

只有心象牛奶一样壮大

象风水宝地一样瞪大眼睛

而你的掌心缺少烟花风尘

缺乏另一半天堂和地狱

缺乏令人痴情的图案和吊灯

缺乏嗓子眼海潮敦厚温良的气息

千夜

猫，鸡蛋，一条鱼

把一条大鱼从河里转移到脸盆里

没有挣扎

坦然如鱼肚白

我嫌我的眼睛不够清澈

背着满身的鱼子出逃

月亮追赶我

我回头

看到满地的碎蛋黄

猫

在床的边缘

产下了一只熟透了的鸡蛋

我接住它

它就变成了药罐

猫扑向我

是豹子的眼睛

手掌抵住爪子

还给你

猫一把抱住药罐

舔得干干净净

突然间我想流泪

向天笑

独坐五祖寺

一棵棵水杉高入云天
好多鸟无事生飞,没有半点响动
那静悄悄的飞翔
不留任何痕迹,让我神往

肉眼看不见菩提树
但能看到阳光里飞舞的尘土
堆积在一个人的心里
会慢慢高过莲花峰

独坐五祖寺
也不渴望东山再起
只望上苍伸出大能的手
拂拭我心灵的尘埃

王亚明

崂山的石头

崂山的石头

每一块都很有性格

像天然而生

又像人为雕塑

刻字的

袒露了善意的涂抹

无字的

等待着更多的猜测

或许这里的石头

早已得道成仙

并不在意

凡人评判有我无我

顶礼者

依旧纯净着那份虔诚

膜拜者

依旧坚守着不变的重托

如很多人一样

我在这里被岁月一带而过

神到底是什么

崂山的石头静默不说

唐志平

砌匠九爷

如果你见到砌墙、打灶台的手
会凿石头,织篾箩,做木工
会扎车马灯的彩车、马头和灯饰
还会像女人一样,织好看的毛衣
那一定是外号胡子的九爷尹如升

大伙说九爷的心是玲珑的,什么都会
九爷说世界是玲珑世界,什么都要会
他说这话的时候,脸上有一道光
仿佛所有的一切都是从光芒中产生

第四辑

闪电的道路：异质写作

张执浩

林中闪电

哪里都去不了的时候我选择

往回走,如果脚力足够

我甚至可以走回到 1994 年

夏天的芦芽山——

在阳光也无法穿透的密林深处

闪电仍在记忆中追赶我——

一道又一道闪电,在我们身后

无声地抽打云杉和油松,而惊雷

盘踞头顶,在我们看不见的树冠上来回滚

年轻真好,但那时候的年轻人意识不到

我们只是一味地贪恋着落叶的松软

在上面弹跳,欢呼,并不知晓

这些危险的举止会带来什么

当我们从丛林深处奔涌而出

骤雨停歇,太阳破开云层

我记得临别时曾经回过头去

但是闪电已经放弃了对我们的追逐

那些一度被闪电划亮过的面孔

如今都已经黯淡了,如同

那一棵棵你推我搡的阔叶树针叶树

离开森林之后就沦为了柴火

无 题

手机关了就不要轻易开启
尤其是在黎明前的黑暗中
你突然醒来,想到
自己还活着,他人应无恙
树在初冬的户外站着做梦
树叶越少,梦越固执
没有办法的事就是在黑暗中
保持着做梦的姿势
这姿势保持得越久
黑暗就越是拿你没有办法

江非

我是夜晚的

我的灯是夜晚的

我灯下的手是夜晚的

我灯光填满的屋子,夜晚的

我的孩子和哭声,夜晚的

我遗传而来的心和词语,夜晚的

我的失眠和计时器,夜晚的

我的月亮与守夜人,夜晚的

我的土地与兄弟,夜晚的

有一天,我的一生变成一个坟丘

我小小的坟丘上的草与露珠,夜晚的

已牢牢挡住我嘴唇的那块石头,夜晚的

我远方的菩提塔和云游僧,夜晚的

鸟怎么发出它的叫声

鸟怎么发出它的叫声

是舌尖击打上颚,每分钟三十次

还是胸膈催动喉咙,一分钟十次

鸟怎么把叫声叫得婉转

是嗓子里含着烟草叶,叶片卷动着声带

还是口喙上衔着柳枝,枝条

颤动着虚无的空气

鸟又是怎么把自己叫得悲伤

是夜深人静,高地已经安睡,所有的枝头上只有它一只

还是旅途未尽,剩下了这一只,也要裹好毯子

唤着同伴的名字回到山下的家里去

是天上的流星

十分钟就划过一次

还是国境线界碑上的雨

十分钟移动一次

毛子

咏叹调

纽扣固定在一个地方，它一生
只穿一个眼。

群山一出生就苍老了，它也借此
获得长生不老的葱茏。

一生太快啊，一天
又过于难挨。而亿万年前的一对昆虫
在琥珀中栩栩如生。
这也是我们想要的结果。

能落下那样一滴松脂多好啊
那样的关押，那样的退守
时间够不着，分离
也够不着。

一席谈

三月初七,在青峰寺

我和一个游方弟子

谈到何以言。

他说:忘掉语言靠近一首诗。

他话起时,一只蜜蜂

停在花蕊上,一只鹰在扩大山谷的胸襟

而一阵风松开了所有的山林

我感到无穷动。

他饮口茶,继续道:

像这阵风,从这座山翻过去然后再翻过去

然后再接着翻过去

就会遇到那个抱着空气弹琴的隐士

一千多年过去了,他一直在弹

一把看不到的琴。

你要找到这个忘言的大师,所有音乐的大先生。

娜夜

端　午

一个人
被以食物的方式纪念

将米和水变成粽子的过程
既是与山河一起默诵了一遍天问

穿长衫　佩香草　行吟离骚的人
在酒杯里纵身一跃

在汨罗江缓缓上岸
——白发如雪　死亡遗忘的　诗词都记得

旧衣服

洗净

补上缺失的纽扣

叠好

整齐地放在手提袋里

在离柿子树稍近一点的地方

让捡拾的人

像在秋天

捡起一个落地的果实

那么自然

汪剑钊

春分(辛丑年)

书桌上平整摊开的一张稿纸,
它的前身是一根树枝
或者数片叶子;
而惬意地靠坐在宽大藤椅上的我,
终将成为未来的一抔土
或者是一粒粒飞散无定的尘埃……

一念至此,我不由得叹口气,
把春天默默地分了。

荒山之月

月亮是一只飞行的石鸟,
口衔大地写给天空的一封情书,
在荒山之上传递人间的消息,
顷刻,黑暗深处开始闪烁孤独的光芒。

小溪被投入一粒羽毛似的石子,
夜幕下,有心的人们只能听到扑通的水声,
看不见一圈圈漾起的涟漪,
但我知道,它们存在,绝非虚无……

黄明祥

古溶洞

入口朝天,风雨灌进去

雪纷纷飘下去,钟乳石一点点

翻出洞里的心肠

悬着的在长,地上的在长

暗河早晚会涌出来

山水画家

要倾身,影子才能爬上案头
无风把盏,忙于细活,要将影子定在纸里
落上款,注明天干地支,印鉴
是最后的一枚钉子,等风景干透了
露出异地安置户的荒凉

吴少东

附着物

此刻，我看着溪流中的游鱼，
想着它的一生与我的半辈子。
万物有太多的沾染，而鱼除了
托付的水，只有最后的刀锋。
我摆脱不开东西太多了。
每天吞下的白色药片
永久蛰伏在腹部的疤痕
我左手常戴的一串佛珠。
我感觉不出重量

晨起的惯性

这些年,惯性已经养成
不开灯,不以强光遣散
一天初始的状态
也不一下子拉开帷幕
我偏爱清晨涌现的首句

在没被黎明浸染的卧室
我会静坐片刻,排出体中的
黑暗,让其加大室内的暗度
然后拉开第一道厚重的窗帘
看白纱外浩大的曦光

我当然会分开最后一层薄纱
让光线一下子涌入,那时
我已适应这黑白渐变的世界
会带着普世的阳光,看待
所有的树木、人群与过往

雁西

飞翔的快乐忘了时间

雪是美的，白的，纯洁的也是冷的，
冻的，无情的
她不再需要温暖和爱？
大风刮起来了，这样，她可以
周游世界，飘向
高空和远方，飞翔的快乐可以忘了
时间
忘了痛
她喜欢一样单纯善良的人，在一起，
无须担惊受怕
覆盖大地万物，长眠在高山之巅

车延高

盐 工

看海,才知道
被太阳暴晒的是盐工

盐是太阳的汗滴,从他们黝黑的脸颊上滚落
又一粒一粒从海底打捞起来
眼睛已经熬出盐

不哭,泪也会喊痛
盐工习惯了,把心里那片苦海藏着,不让人看见

脊背躬着
上面是一片沉重的天
被云彩缝补过无数次

吴颖丽

窗外的鸟鸣

草原的孩子心事很少,
即使寄居在庭院深深的都城。
再多的纷杂,
再大的荣枯,
也无法沾染她的心境。

在她的心里,
早已住满草原上的诸神。

时至今晨,
即使只是听到窗外那啾啾的鸟鸣,
她就会莫名地笑出声。
还会莫名地问上一句——
"你是不是捎来了诸神的口信,
教我热爱身边的风景?"

最初的摇篮

那一天,
你哭了。
哭得像个孩子。
我想,
这应该不仅仅是因为一把马头琴悠长的伤感,
也不仅仅是因为毡房里升起了温暖的炊烟。

让你像孩子一样哭泣的,
或许是这片纯净得有些虚无的草原。
是它让你忘却了荆冠之下的辛酸,
甚至也忘却了沉重的荆冠,
像个纤尘不染的婴孩,
回到最初的摇篮。

师力斌

读莫言《晚熟的人》

左手西瓜，右手
你知道，是人文社的最新产品

不仅仅清凉解渴
还像纸上的评书般悦耳
单田芳操着高密东北音

高级漫画比照片更精确
凶恶的弱者也好
偷人钱包的诗歌编辑也好
当代的拍案惊奇好几次让我心头一震

西瓜的态度
——读臧棣自选诗

圆而不滑

且更脆弱,更善良

也更甜美

复杂性正在于,渺小的蝴蝶

是最伟大的舞蹈家

勤奋而无名姓

从不在乎观众、名声、死活

只专注于爱好

在天地间翩翩起舞,或者

圆熟。在乎命运管什么用呢

人类又何曾爱好商量?

冰川还会融化,但化得

妙不可言

雄伟壮丽

像一亿颗晶莹的西瓜

梁尔源

网的幻觉

小时候,用筛箕网住一只麻雀

用铁丝网住一只老鼠

那时就幻想

世界上最大的网有多大

能网住大象吗

有网住鲸鱼的吗

有罩住星星的网吗

如果有一天地球被网住

我真想成为漏网之鱼

网,这个白日梦

正在以惊人的速度长大

有形的,无形的

裸露的,隐藏的

真实的,虚假的

游离的意志

发酵的话柄

……

都被一网打尽

网,不仅能改变风的听觉

还能将太阳装进麻袋

真是魔幻的网,恐怖的网!

世界被网住了吗

别怕!有梦想仍在逃离

郁葱

宽窄巷

此巷,关乎风情,关乎冷暖,关乎日月,
望不到尽头,走不到尽头,
岁月更替,暑热寒凉,
皆不是尽头。

在巨大建筑的屋檐下,它几近于无,
巷子口总有一些落下的叶子,
我常常问:你是哪一枚?

我曾和爱的人一起走过,
我曾和不爱的人一起走过,
那时我想,多少爱恨情仇,
西风下已然了之。

天地不久长,
风月不久长,
路灯昏黄,石板路有几代的光泽,
宽窄巷,这一阶一阶地向前向后,
人皆苦矣,
人皆远矣,
人,皆老矣。

王山

悬崖上只住一晚

因为辽阔

很大

悬崖上只住一晚

明日飞返

暮色沉降

海

一呼一吸

很平静

天上月

在海面上起伏

延伸无限

被禁言的大鱼

于水中游弋

前世与来生

梦幻般遥远

又似乎近在咫尺

伸手可触

有些夜晚

不能与人分享

有些星星

常人无法看见

此时的分界洲岛

无人

周艺文

马

你那如铁的蹄
落在我的胸口上
自秦的一声啸哮
那声音有如一把利刃
在割我握笔的手
马
死在我的宣纸上

我对面的阳台上
有人用你的头和尾
做了一把琴
琴声有如哭泣
一个灵魂在他的曲中游荡

我画中的马
那些腾飞在云雾中的马
腿的功能
在历史中慢慢退化

陈仓

夜 行

她猛然冲出来吓我一跳
没皮没肉没心没肝
她是我生出来的,却不是我的血脉
她连着我的筋和肉,甚至重叠了一部分
她先在我后边,再慢慢移至前边
而且越拉越长,始终贴着地面
这并不可怕,可怕的是突然冒出三个
她们永远都是黑色的,无论我
如何化妆如何伪装如何带着痛与爱
她都是麻木的空洞的虚无的
我快她快我慢她慢,她的高低和我无关
如果我死了,她仍然不变
我猛然发现,她是我生的,但是
养着它的却是灯,前一盏后一盏

病床上的父亲

下午三点左右

父亲伸伸手

姐姐说他在摘扁豆

黄昏的时候父亲伸伸手

姐姐说天冷他在拾柴

晚上九点父亲伸伸手

姐姐说你饿了吧他在淘米

凌晨的时候父亲伸伸手

姐姐说他在给庄稼拔草

这是父亲住在医院里

非常熟练的几个动作

事实是已经入冬

不宜播种也不宜收获

父亲他,已经陷入昏迷

罗鹿鸣

棕头鸥的野心

天空的眉额很低
低得与一只棕头鸥
举案齐眉

棕头鸥也很谦卑
将红嘴褐头藏进水里
两只红脚桨,划开
瓷一样的湖水

冲天而起的时刻
水珠溅放出满天星星
对远方的野心
表露无遗

刘春

悔恨之诗

总是这样：梦里跳出几个句子
醒来后就想不起来
这警告来得那么直接，又快速消失
仿佛过期无效的合同。
仿佛去年秋天的那个下午
你们姐弟在微信群里商量父亲的
病情，突然接到电话说
他已闭上了眼睛。
你曾有机会减轻懊悔的深度
比如排开兄弟们的争议，去省城
或者广州找更好的医生
但你怕麻烦和担责；
比如请长假坐在床前陪他聊天
告诉他各种生活琐事
和未来的一些想法，又怕耽误工作。
直到他嘴巴无法出声，鼻孔
插着胃管，动不动就发小脾气
你仍害怕和他一起过夜
常常借故躲在城里。现在你常想
回家找他，他的房间空空荡荡
仿佛从来就没有人住过

罗广才

攀枝花

我的牢骚到这儿就打住了
花朵硕大,是我想开的
那么红的色值,是我想分辨的
甚至种子和果皮分泌出白色棉絮
随风四散的样子
都像是和隐居在风中的亲人
久别重逢

我的幸福感到这儿又想漂泊了
你的花期和我们的寿命
只要不加水印,都是
原始的,新生的
首发的。看清眼前的火红和热烈
就是永远的生机和磅礴。甚至
可以对晚些时候的星光
都可视而不见

写在瓢泉

那么多人穿越竹林,夏天不以为意
一只家蝇落在红许兄的头上
秀发还是没有障碍我们,也没有
障碍森林。只是都悬空了
静谧、流痕和岁月中的上饶

两汪清泉容纳了树木和天空
瓢泉水隐无声。形状是敬畏的
一种。坑涧河红茶冷静得拉长山河
你能听到我落地的响声
爱和不爱,都是还能看得到的
完整,扫得出来人间的二维码

娜仁琪琪格

低处的事物

我散步的时候,绕过一群正在赶路的
蚂蚁。在河边把一条垂钓上来
又被弃在岸边,已是风干的鱼
送回水里。

在欣赏开得洁净、灿烂的
花朵的时候,会小心翼翼
怕踩踏了,那些软盈盈的小草
怕伤害到它们的小胳膊、小腿
小脑袋。

一再拍下,紫花地丁、二月蓝
蛇床、鸭拓草、蒲公英、苦菜花
地黄、播娘蒿、大蓟、小蓟
还有一种叫早熟禾的野草

我喜欢那些开在高处的花朵
爱极、疼极
这些低处的生命
在尘世,在宇宙多维度的空间
我也处在低处

龚纯

春 忆

坐在窗前听,春雨下个不停
想起童年乡下的春雨,踩高跷,踏木屐
六畜有更多的脚印。

一个静悄悄的少年,来到了命运。

在房子中间行走

经过一座温暖的城市,他们在建房子
经过一座气候寒冷的城市,他们在三月破土
浇筑房子的桩基。房子密密麻麻,高耸入云
有人就住在云层中间读一封旧信:
"亲爱的",印成铅字的旧信开头千篇一律
但于今已非常稀有。
房子密密麻麻,你在房子中间行走。
可以想见,你也有"亲爱的",怀揣亲爱的
在房子中间行走。你亲爱的告诉你
云层密集,将带来下雨的快乐。

秦锦屏

拥 抱

四月,我走过荒原
经过池塘,水洼,荒草,落花,野径
密林重重,
太阳正被树叶切割,昆虫们张开翅膀窃窃私语。

我关闭耳朵,拨开浓雾,以最快的速度走出原野

在五月,
有一个旷世温柔的人,在一个特殊的日子里等我
等我卸下千里风尘
在一桌菜前,稳稳坐定。

我是时间的一道菜

我煮菜。

也煮时间。

我,也是时间的一道菜。

面前热油,身旁佐料

煎炸烹调

尽在时间里。

胡丘陵

绵　山

一山的石头上，长满琉璃
两次大火烧出的孔雀蓝
低温比高温更为疼痛

山，或者物件，或者人
越美丽，越不属于工匠

槐抱柳

张壁古堡,一棵千年古槐抱住百年杨柳
一生一世,相依为命

在我的老家,只剩一条腿的二伯
娶了李家坳双目失明的大姑
生了三个,牛犊一样壮实的汉子

我的爷爷奶奶,一生
都未见过高楼和电梯
他们拥抱了,八十多年太阳
天天关注的小桥流水

这些年,我日夜奔波
如今,我枯萎的手
又一次长出藤蔓
紧紧抱住,古树皱纹里的诗行
死亡之前,决不放开

吴茂盛

云端上的山

李白追着月亮

追到这里 路没了

他看见风吹着天上的

星星 摇晃得厉害

他看见云端上有人

咳嗽 说着话

挂榜山 李白不敢大声喊你

他怕惊动上面的人

怕上面的人和星星

掉下来

挂榜山

云端上的山

李白坐在峰顶

酌着酒 和着渔鼓 轻声吟诗

我砍柴 读书 耕田

更不敢大声喊你 挂榜山

我也和李白一样

怕漫山遍野的回音

映山红般怒放

更怕云朵像彩带一样

随时伸出手来

把我拉到上面去

羽菡

悼诗人李天靖

你仰面,像看烟花那样
看虚无的手撒下万千朵
如雪覆盖

那年在银河厅
你鼓盆而歌,今日你缄默
白百合白菊花绽放

黑色幕布徐徐合拢
群星神秘的序列中
"十字星光、草叶的阴影——映射在天光里"

愿你望见
心中没有思念只有欢喜

也斯说快乐是私己的
你说是自由

文佳君

再闻鸡鸣

走散了的时间
公鸡打鸣后
再次提醒我们黎明了

反正我们说过：
流逝的是时间
降临人间的一切也无用

忽然就听见公鸡打鸣了
那时月亮都还在白云间
劳作一夜的星星眨着眼

昨夜的往生者
成为黎明的新生
狞狞的露珠太阳的脸庞

为什么我们从黄昏　来到
早行人的神秘，湿圆的脚步
印在大地之上的歌唱

黎明确实正在升起
公鸡又打鸣了一遍

厨房里，煮着早餐的妈妈生动

我一直试图把夜还原
给妈妈打一次电话
告诉她闻鸡起舞时我的惊慌

金呼哨

量子纠缠

如果你辗转反侧,经常失眠

心理学家帮你寻找答案

如果你在深夜睡不着

但又特别困

很有可能这个时刻

那个人在非常非常想着你

导致你出现在他的梦境里

这就是当下我们所说的

量子纠缠

芦苇

李冈

并非所有的等待都有结果

哪怕时间再长,长过流水

也只是让青色变成白色

将一段遥望由青年变成老年

洗老容颜的也许不是湖中的水

而是一年来无尽的展望

无论湖风如何吹拂

吹掉的只是芦花

吹不掉的才是天底下没有尽头的故乡

年年如此。谁都不忍心看到

从此岸到彼岸

就走完了它们的一生

湖　风

在宽阔的水面上

湖风必须撕扯

才能平衡水与土的关系

才能检测那些树叶真实的想法

才能使水鸟明白，只要不乱阵脚

鸣叫同样能排成行

就像现在，尽管湖面平静如镜

一个白面书生却分明在湖风的撕扯中

变成了洞庭龙王

汤红辉

回　家

高速连续驾驶四个小时
终于躺在故乡的床上

雨夜也有月光
透过宽大的窗户洒在棉被上

心从没这么踏实安静
远远能听见隔壁房中老娘在讲梦话

小时娘抱着我在水缸前喊魂
一遍一遍喊我的乳名回来了

而此刻我只想喊出你的名字

郭长虹

微风潜行的夜晚

微风潜行的夜晚

星星在蓝色深渊中游泳

鹧鸪的歌声迷失于蒿莱

万树之叶 纷纷如雪落

时间倏忽 飞过笨重的钟声

血液如鼓 在空旷之心跳舞

而白发 正想念江南的故乡

你的三十六陂春水

一起苍老了吗 临流而照

吾看见了你憔悴的面容

  耿耿兮寒星

  木叶落兮心惊

  忽以恍兮岁晚

  揽镜鉴兮白发生

吾远道而来 问候每一株植物

就像抚摸渐次远行的大雁

清点历历坚守梧桐的夜鸦

明月之夜 短松站满了山冈

那些倔强的松啊 郁郁葱葱

守候着永远沉睡的灵魂

就像迎接不眠之夜的诗人

无家可归的诗人拄杖而行

满耳都是江涛的悲怆轰鸣

他的前路铺满了月光

月光之上　有最温柔的落叶

向落叶之上的　清白色的风

举手劳劳　无言而笑

　　倚修竹兮抚孤松

　　夜鸦渡兮月横空

　　骚人兮未眠

　　室虚白兮凄清

米祖

天将晚

她还在继续修改她的画

似乎这样,就可以在画里获得她失去的

落日像深秋的橘子被谁从岛上抛向对岸

将沉入湘江,凹凸的波澜在视觉里

摇晃。岛上的朴树斜在河畔

她用呼唤的方式在画里写实自己

又置身一种莫名的虚空中。我似懂不懂。

或许,她在用印象派解释现实里必须隐藏的东西

以及难以启齿与不可言说的情感

这样也好,就算落日从河面消失

就算天再晚,一切都会不偏不倚留下来

终会找到自己的原点和一些光亮的东西

就这样,她走向画的深处

我,走向夜的深处

陆健

之 前

大群的翅膀飞翔在表盘上
没有一分、一秒被突出
那拨动时针的手、拈花的手
不露痕迹。起始的音
终结的音,杳然无闻
一纳米隐藏于三万里
隐藏于它自己。不知是谁
在一只鸟喙的周围
画出一张人脸

脸写在生活上
——和程维诗作《生活写在脸上》

脸写在生活上

生活不让写。脸掉在尘土中

生活说,生活不需要的

东西,你别拿来烦我

脸说是的是的

脸掉在尘土中

我的脚不小心踢到了我的脸

姚辉

蝴 蝶

只有一个人能遇见
去年的蝴蝶

蝴蝶是黎明的某种
代号 天空那么陈旧
蝴蝶在翅膀上
找到了不太恰当的风声

什么才能算作"恰当"?
是将旭日重新逼回到夜的
火势中 还是催促酒意
变暗? 大地让出
一部分骨头 蝴蝶飞
风 纠正了谁
最初的怀念?

而你有比较恰当的幸福
蝴蝶不会飞得太近
它 想重复你可以遗忘的
某类身影

风与蝴蝶同时抵达

请学会在蝴蝶的道路上

寻找奇迹

梁雪波

花开的声音

从沉睡的物质，开始
一段曲折旅程

从完整处找到裂隙
将精密之光引向它的内部

当笔墨变得酣畅，而水
正悄然改变着坚硬的思想

技艺之手不断深入，唤醒
被大地闭锁的生命

刀锋如雨，以美学的方式
将高贵凝刻于芳尘之中

翠叶舒卷，岁月温润
仿佛卷帘后一朵簪花的异香

仿佛白马少年一声长啸
就从玉石中鸣响一串唐诗的宏音

夹竹桃的黄昏

夹竹桃的黄昏,地铁把美术馆撕开
画布上的童年转眼变旧
空气中弥漫农业的黄沙,话语的氤氲
比前朝面影更清晰的,哦
是纯真的针眼!

我之揪心必将滚动。
因而,美必定是有毒的
——妄念只属于六月盛开的夹竹桃
静默的书中
一场迟来的雨敲打着芭蕉和怪僧

肖歌

像外婆的月亮

月亮
真像我的外婆
走夜路
担心我害怕
担心我摔跤
总是一步一步
跟着我走
一直把我送到家门口
再回过头来
慈爱地笑一笑

母子分别

小时候

母亲要出远门

我总抱着母亲的腿

嚎啕大哭

那是真的不舍,真的伤心

母亲老了

老得已经出不了家门

我每次回家探望母亲

分别时,母亲总会流泪

这是真的不舍,真的伤心

二十三日的月亮

盛极而衰的月亮

学会了

隐藏住自己的锋芒

今天早晨我看到

在冬季的蓝天上

她已伪装成

一小片薄薄的白云

田耘

在红门书院

在东南贾村的红门书院,在韩玉光先生
祖屋的南墙上,几十张山西诗人的脸
瞬间震撼了我。其中有几张脸是我熟悉的:
雷霆、潞潞、张二棍、韩玉光
更多的脸是我所陌生的,但这并不影响
我在观察它们时所持有的亲切感
这些或微笑、或沉思的脸,具有中国诗人
的脸上应该具有的一切特质
更重要的是,这几十张山西诗人的脸
肩并肩挨在一起,出现在一个小村的墙上
这件事向我,一个外省诗人
透露出一种不可思议的讯息

马文秀

羊皮筏子

黄河边，坐满手艺人

他们的双手

在落日下格外精巧

才华隐约在光线中

似乎要挖掘出

一条属于自己的河流

制作羊皮筏子的人

眼里满是生命茂盛的状态

双手藏着破浊浪的决心

他抬头微笑

以爽朗的嗓音

讲述羊皮筏子的历史

划着羊皮筏子的人

用动情的山歌

拼命在黄河的险滩中

凿开了一条路

华子

瓦尔登湖

进入林间的小路已不知去向

来时的船不愿返回岸边

如果冷杉愿意

刀斧就是你所有的行囊

如果松鼠愿意

它会与你共用它的毛皮

邻居的教堂

住着诗人的知己

天空没有日历

如果春天忘记了时间

忘记了整片森林

怎样开花

亲爱的冬天

最后一个爱尔兰人离开后

所有动物都是你的客人

都留恋你的水井

齐冬平

对称性：平行世界

莫名的直觉　感觉固执成长

把自己锁在梦境里

直勾勾地　无言中对话

是另一个自己　微笑着

快乐地从面前走过

扭曲中躯体拉伸　拽走

脑海中凝固着的美好

心疼的感觉跌落在无海的

岸头　金木水火土之上

走进标注的空间

女孩儿笑呵呵地舞动着

再次扭曲　一条蓝色的音符

长长地延伸　跳跃

心悦的冲动　拍拍脑袋

一头浓密的曾经属于自己的

黑发　开始燃烧

……　……

还是那片天空　湛蓝的

弧度之上

满月便在前方悬挂
海水应该涨潮了
城市的潮水呢

弧度之上　安详
在月光中守望
端详着城郭边界
散发远古祥和的芬香

弧度一帧一帧地
　月如鹰眼　将夜默里
弧度里的现代人
　扫描　读写
逐浪的潮水上涨

王长征

晚　霞

黄昏在天上
泼了一杯滚烫的奶茶
云彩泛起泡沫
翻卷、交织，色彩斑斓的纱巾
冒着飘香的蒸汽

夜还没到
月亮已从西天露头
犹如馋嘴女孩难过的眸子
核实任性的一泼
有多少损失

杜华

背盐的人

一个人出现在我面前

细长褐色的眼睛

在春天的夜晚匆匆靠近

风尘中,火焰在褐色中闪现

他穿灰色长袍,背着一袋盐。

黑色胡子从缤纷的光线中长出

我接过那些盐,咬破一颗草莓

急于吞咽想让红色消失

我忽然记起

他来自一部黑白电影

他的盐晶莹无比

迅速腌渍我的身体

我看到如水的天幕

楼宇变得丝绸般柔然

往事,从幕布中倾流而出

那一刻月照如银,更遥远的山村

一个独自扛着板凳的小姑娘

踏过田畴,穿越万亩蛙鸣

去看他。多年依旧

直到,放映人不再出现

种子再次从土里探出

来到长满新芽的人间

周雁翔

白云的预言

说话白白净净,最深邃的一句
是眼神,最远的一句是山路
最动听的一句,读书郎还在打点盘缠

年少的阳光,翻动着金色的书页
扭过头对天空说:"你停一下
我就长大了,长大了和你谈朋友!"

鹰

也只有翅膀,被允许

爬到鹰的身上,将胳膊扔上天空

本以为捉住云,捉住彩虹

可是手一松,什么也没有

我那时不懂,捉住是含糊的时光

被风一吹,那是我没能想到的天空

彭志强

二 门

记忆毁于明朝。又清晰定格在清朝
硬朗的硬山式建筑里

吴英的字,刘咸荥的联,因为还暖
成为通往刘备殿的不二法门

春风返回宣纸,或者木刻
密集的古柏比后来的灯笼值得信任

尽管灯笼更懂得留白,更容易发现
死去的蟋蟀在鸣叫声中复活

更多的背影被夜风攥紧
才明白古柏的绿有深意

比如做旧的船近年重蹈锦江、府河
声声慢,且轻;步步快,也轻

不是后浪推前浪,而是前浪推后浪
像鱼排出污垢,呼喊水最初的名字

大　雪

李凌

雪落无声　除了雪

在这一无所求的冬天你还需要什么

所有你失去了的

都可以在一场大雪里得到补偿

在一场大雪中你会发现自己

有多么奢侈　连纯洁也可以奢侈

放声歌唱也可以奢侈

前不见古人后不见来者

也可以奢侈　你会发现

连影子也可以是晶莹剔透的

无边的雪野中你只管迈步走去

不必担心脚下的路

所有的脚印都是干净的

大雪都会将它们一一深藏

一片雪野就是我们的摆渡之舟

雪野下面是时光的痕迹

踏雪寻梅　我们在时间的另一端

寻找开始

姚娜

远山远

远山远，湘水长
粉色的黄昏
牛羊成群，万马奔腾

我想离你更近
却退的更远

歌未唱完

歌未唱完
你怎忍心落笔

一阵风起,吹走了你我的答案
你将如何选择

大雪压山
所有的出口都被孤独堵塞

雪在山间融化
眉目清晰

柏亚利

山　寨

没想到

本真的两个字

多年以后另有他用

我见过山寨的人

无一不是淳朴善良

那是湘西的沅陵

那里的方言极有趣

一个人被称为一条人

一条裤子被称为一根裤子

称呼小名更让人笑出声来

腊狗、腊妹、初一、十五

山寨出品的土猪腊肉

香飘四季，名扬天下

卢辉

想过它不会是异物质

不曾摘下的木瓜,籽儿掉下来
一粒粒
与速度并存

想过它是自由落体
不会是个异物质
没想过它会在地下的哪一层
生儿育女

之后,每一天都是它派送的

苏丽雅

这树怎么啦

这树浑身无力

羡慕有的树把夕阳

卡在枝丫

它们的年轮都是血红的

少年听到了树的叹息

我把鸽子叫来

满树开白花

孩童们在树下嬉戏

朝阳就奔你而来

孩子们在哪儿

树就朝哪边摇曳

谷频

倒　叙

这不是个迷局，犹如旧电影的落幕

场景的光线转亮，扑上前额的

尘埃的重量并没有退场

我们越来越信赖简单就是掌声

"你隔着窗子不会看到清晰的墓室"

这是退席时旁边智障者的忠告

看上去他的四肢总没有方向的协调

但周身一片灵光照拂

对我们来说，这片段禁不住色彩的追逐

是黑白胶片让世界重变得安静

许多人物的花腔都躲在幕后传出来

此起彼伏，刺穿了这么厚的白布

单纯的时刻总以突然的沉默切断画面

我脸上却泛起多年前与影子的初吻

黄官品

刮春风

立春的锄头,将天空挖出一个洞
泻万里长风,訇然疾走

田野拽着村庄的衣袖,激荡摇晃
池塘的水,试图踮起脚尖露出头喘一口气

电线的尖叫声,沿着细长的钢丝
穿过城市的一座座楼房,刺出天的外边

房前屋后的竹林,像拉扯不住的直升机
旋转着离开地面,飞起来

春风浩荡,空气淘出霜雪的气味
山川,河流被卷走

石头被吹破脸皮,吹醒额骨头
枯树死草,又被吹活

一个个人,被从头到尾吹空
铁皮筒筒,滚着大风在体内轰隆轰隆,唱着歌

虫儿驾着北斗星,遭遇这场大风的杨柳枝枝

什么都被吹空,吹出些腿脚和云朵

天空大口大口喘气,大地窒息
被复制和移植出来的人,在哪又遇见自己

兰浅

那只跛脚的鸟

那只跛脚的鸟不知从哪里飞来
在草地上走着
光太白
照着它鼓鼓的白肚皮
灰色的翅膀好像被什么粘住
也许是有点胖胖的
身子跟着脚一拐一拐
小小的可爱的样子
野草青青，围拢在树下
我很抱歉踩疼了它们
强光继续打在草地上
五月丰满的脸红的发烫了
我故意拍了拍手
那只鸟撑了撑翅膀
突然飞起来，竟然不费力气地
又飞不见了

甲子

祖坟上的大树

一棵树，十年的伟岸
令五十岁的汉子久久仰望——
胸径二尺、身高三丈
一顶繁茂形似夏日的菇云

仰望的目光挟几丝疑惑
在树的腰部以上，爬上爬下

那些年代不同的磷火之光
穿越土层，在昼间如水荡漾
一弯虹，泄露了树大的秘密

望着树，良久之后
看清了祖辈的血肉之躯

周朝

尘　埃

我没有像多年前一样 某月某日
按时下楼 扔袋装垃圾 上班
我躲在闭塞的阳台 打开手机

打开一万四千米高处拍下的云朵
云朵下面有黄河奔流
有阿拉善和祁连山 有青草的气息

众多云朵生长的那一天
我和蓝色的天空一同飞翔
清澈的太阳走进舷窗 照耀我的词

那一天我充满爱情
生活简约 看书 关注旅程
与邻座相识 交谈彼此陌生的家乡

那一天 有些拘谨
它的光泽只属于洁白的云朵
被尘埃阻隔的云朵 比记忆还遥远

龚学明

风干的玫瑰花

旅舍的桌上,一只
竹制的圆形盆里,浓烈的
香味已经浅幽,这经历过的
事物用淡红的眼神回避
诉说……

一次旅程其实不长
从期盼到惜别,一眼望见
而我们走过的湖深不可测
看到的季节,借着
淡黄的银杏,红褐的
水杉树悸动不安

这个世界愿意承接我们
而我们对之又了解多少
我们的快乐和悲伤
也都是真实的,只是
盲目而无助

暴躁,任性,甚至愤怒
饱满的感觉在裂开
时间之光在吸走

酒给予的酡红的部分，留下
干净、空洞、持久的美丽

刘翼平

白头翁

在云母溪的菜园里种菜

一只小鸟飞过来

立在刚插的豆角篱上

啾啾啾

用鸟语与我对话

它叫白头翁

可能才两岁

我五十多了

也快成白头翁了

虽然年纪相差大

却还是同一个名

我抬头看它

在云母溪的天空里

它好渺小

可此刻

在我的眼里

在我的心里

它如爱人一般

用婉转的鸟语告诉我

咱们俩

白头到老

胡勇

老　柴

我是一株

采自深山的老柴

外皮龟裂

树心枯槁

剩下外皮与树心之间

一层薄薄的生命

我循自然规则而生

在泥土中寻找营养

在云雾里吐纳灵气

逢春而发

逢秋而落

花香淡去

红叶飘零

铅华洗净

我便只剩下满枝的嶙峋

其实

我应该还能

萌发一场花开的梦

天地灵气

在我体内

凝聚了一颗春天的种子

只是在等

那一缕清风

我应该还能

燃起一蓬的炽烈的火焰

日月精华

在我躯干中

沉淀了年复一年的光和热

邓建华

半边街：一半已流逝一半在坚守

你去了哪儿 我的船帮

留我在码头

空空守望

那棵吊船的歪脖子柳树

等不及　已经老去

黑狗潭的老龟

都记不起乌篷船的橹桨

香干一直在沥水

甜酒还在棉被里暖着

檐边的麻雀　都在苔藓上滑倒

你们 还没有回来

你们 不是说好了

船到靖港口有风也不走吗

你们 下岳阳出洞庭

喊着号子

头也不回 一走几十年

会馆里的吆喝 戏楼边的媚笑

那街巷的另半边

是被你们 带走的吗

你们都走远

吊脚楼　和尖嘴鹭鸶在孤单坚守

心里吼着船帮号子

计算你们的归期

第五辑
水与火的交响：民间写作

于坚

宋陵石狮

这头狮子强壮狰狞而又温柔

停在夏天的麦地　分娩光明的妇人

守护着平原和丘陵

那不是种族遗传的逗留之地

它的思想更遥远　属于麦穗　星空

商崇拜它　唐崇拜它　宋崇拜它

诗人　祭司　英雄和鲜花崇拜它

陵墓必须永存　君临虚无

要有王者之重　石匠接它来此

跟着光荣的死者　因此发现自己的另一秉性

前所未有　一头狮子站在洛阳的田野间

威仪赫赫　纯洁无瑕　脚下没有脚印

一个意志傲视着短小的时间　为大理石

所委派　那石头就在它的下面　黑暗　稳当

承诺着一切　它低头对大地的耳朵说

我是你的神庙

李亚伟

大　酒

一年又一年
也就是一杯又一杯

一男一女
文字和鸟儿
拉出长长的声音
从南到北
从听到看
刚好看得见云
和云下的尘世

空气和山脉
酒和水
有一只鹰从天上下来联系

回答和问话
如同剑和鞘
里面是光阴
更里面是一和二
大和小
有一艘船载走了最小

而白和黑

放出一匹小马
正踏乱你的棋局
踏乱了有和无
一道又一道波浪
消逝在巨大酒杯的岸边

而我只看到
在天与地之间
是一个大东西
一个远东西

徐敬亚

躺在戈壁

最宽的额头，最坦荡的
胸膛，一直逃到天边的凶手

千里之外一眼能认出，你
什么也没有，那就是戈壁

自杀前一句话不说的义士
一眼望不到边的胆量

为什么站在你的身边感到踏实
因为你一句话也不说

为什么你令我羞愧满面
因为你明明活着却佯装死去

站在你的上面，感到你就是海
宽阔，平坦，只是所有的波浪突然静止

要死就死在戈壁上，驾着扁平之帆
缓缓航行，跟没死一样

第 22 颗洋葱

地球又一次在轨道上滚动

药丸含在下颌

左右滑过

剥掉一层洋葱

再剥一层

露出一颗新的葱头

赛事进入伤停补时

我们咬着嘴唇

即将退场

身体永远属于自己

脱下 21 号球衣

换上 22 号囚服

王法

水与火

夕阳映红海面
欢跳的浪花
恍若一簇簇火焰

在扑向礁岩的轰响中
瞬间燃起冲天的大火

定　数

偶然与一个人擦肩而过
并非命中的定数
一只鸽子从你的头顶飞过
白云依然孤独地飘
在河流的拐弯处
总会有一只蛙鸣在等待

不知是生活欺骗了你
还是你欺骗了生活

有的人死了有的人还活着
定数总是试图在人间寻找一些虚伪的借口
难以圆说

当风吹过河湾时
久候的蛙鸣终于漫了上来

南鸥

听　画

光与影，似姐妹
在林间，在草坪，在殿堂的窗棂
她们变换着千年的姿势
不停跳跃，摆弄着神秘的身体
她们数着节拍，抛着媚眼
吐着体香。睫毛翻卷，眨动天空
我听着时光吐着母语，悄悄
镌刻，人间早已
失落的剧照

独孤盛满一生的酒杯

我来的时候你刚走

你坐下的时候,我又刚好离开

我们不曾在一片月光相遇

但是,我们被同一盏孤灯照亮

那一份孤独,至今依然

藏在彼此的夜空。我知道

孤独渗出芳香,滴满人间的酒杯

我们远隔千里,昼夜狂饮

但是,天空与时光

永远不醉

发星

留点柴给山神及其他

不要把焰火全背进家中
山神在冬天一样寒冷
他睡在你留在山中的那一束焰火中
他看见你在背回家中的火焰中对着他悄悄微笑

山神哭了

山神哭了　昨天在大雨中山神的哭声

是抛向高空的巨石　打开闪电的血唇

山神说　白天有一群人将一口铁锅支在他头上煮肉

吃完肉　他们将余下的滚烫的肉汤倒进他的眼睛

大雨来时　山神瞎了

光脚被遍地砸烂的酒瓶碎片撕出遍地红血

下雪天不愿待在家中烤火的男人

他认为看得见的火不是火

是一种虚像

呆在虚像中久了　更觉寒冷

他上山　刨开厚雪

他在黑石上刻着一个鸟字

鸟刻好的时候　整座山飞起来

山飞的速度唤醒所有冰冷的山血

漫山的焰火烧向天边

影　子

李文武

午后的两棵树

影子与影子叠在了一起

并且暗暗地变换着位置

像两个交谈太久的人

悄悄挪动着身子

拼凑之诗

我的身份证地址
变更了三次：蓬溪，大英，重庆
这伴随着：我的出生，少年，成年
亦是我身份的更替：
孩子，丈夫，父亲

关于诗的结尾，我不知该如何下笔
犹如我未知的后半生

梦天岚

游轮上

那个向海水呕吐过的人,

还像个新手那样弓着背,

不停地搓捏着自己的手心,

搓捏着他的眩晕症。

这说明模仿并没有成功,

他能装下的实在是少得可怜。

以致他不再相信那些言谈中的形容词,

它们与一个人的心胸没有关系。

他更相信亲眼所见,

游戏重启时,装备还在,

宽银幕的大海扑面而来,

所有的叹息被消解,

它们像冰块一样,崩塌,碎裂。

他心里的阴影,

或许会因此变蓝。

秦巴子

反向旅行者

诗是反向旅行的动物
剧烈的时空震动之后
字句们纷纷从纸上从墙上
甚至从镌刻着它的石碑上
一个一个地站了起来
慢慢地倒退着,越退越远
当它们摆脱了宿主的引力
就会加速地跑起来
无奈地看着它们远去
那怪异的动作与形体
连书写者自己也不再认识
渐行渐远,直至消失

刘鸿伏

即 兴

雨下在窗外，拉开窗帘

雨下在窗外的高速公路上

一个朋友说一出门就遇到堵车

雨下在远处的公园里

我想象了一下雨中散步的人

雨下在更远处，终南山隐约的剪影

山顶的雨已有了雪的身姿

冬天的第一场雪下在更北方

下在中国北部，下在北半球

日益变暖的地球暂时戴上了白帽子

在泥泞的时空踽踽而行

像我那堵在高速公路上的朋友

不知是去约会还是打仗

都要被这从雨到雪的天气推迟

但孩子会按时出生，即便是在路上

但诗会被按时写出，即便是在心里

冬天来了，寒冷让所爱之人与所爱之物

更加稀少，更加珍贵，更值得去爱了

张进步

雨

在一个夏季，我滴落

擦过黑夜长满绒毛的身体

只因为滴落的速度太快

当时我并不曾认出这个世界

但我看到了它，一只巨大的黑猫

趴在时间里酣睡。后来

黑猫翻动身体，露出白色的肚皮：

在那个白昼，我滴落

沿着夏季滚烫的肉体

因为无法控制滴落的速度

我只能用湿润的眼睛看着这个世界

于是我认出了那只黑猫：永恒的一部分

于是我看到了黑猫露出的白色肚皮：短暂的一部分

那时我正从时间里醒来——偶尔

我在我不曾活过的地方写诗，一首多孔的诗

我是手艺人，我为风制作乐器。

秦菲

墨西哥城的雨

诗歌节的中午
开始下雨

墨城书展现场一路小跑回酒店换衣服
孙新堂先生说
给你们20分钟时间

他说这话的时候
雨点开始增大

我们跑进去酒店的路上
也有很多游客躲在商店或者酒店的屋檐下避雨

有的等阵雨过后
期待继续行程我在酒店大堂倒墨西哥当地
一种红色水果榨汁的特色水果茶像桑其

我在酒店里迅速洗澡
换了身黑色超短皮旗袍

还来得及在床上躺3分钟我想清醒下
墨城给我目不暇接的强烈刺激

它的色彩与气质决定了我无法在墨城夜夜安睡

相反

墨城的雨带给我乡愁以及异国恋情的冲动

它们变成两股势力

白天与夜晚

它们轮流伤我的心

我激动同时忧伤

我思索同时迷失

迷失在这雨中的墨西哥城

黄靠

老窖记

一条河流出万物的血质
一方土回收了所有人的骨气
斗转星移的宇宙
映照着酬勤与生死

酿造灵魂的火炉、陶器、铁
烧出质朴的气息、古老的梦
与蹉跎

那些喝醉过的侠客与英雄
都是青铜汉子
任岁月剥下锈迹
擦出黄金色泽

山河易变,大江蒸馏东去
时间轮回,生命不息

一口鼎锅,煮沸了日月
一座陶缸,沉淀了历史
一管竹筒,贯通了物种
一抹夕阳,落下了烟霞
一缕炊烟,升满天星斗

一声乡音,唤醒了记忆

一个吹笛子的少年
在母亲的唠叨里,越走越远
依偎着一坛老酒
睡了人世沧桑

元太　　江　湖

人来之前
江湖里
鱼虾成群
在人来之后
江湖还是江湖
但鱼虾少了
水也混了

王忆

一支口红的秘密

喜欢太艳丽色彩
似乎并不是一件
多光彩的事儿
自从认识一个陌生人
之后我便觉着
无论多绚烂的烟花落在
世上，对于羞愧的人
始终绽放黑暗

也不要对着阴天笑
笑在色彩越重的唇上
越发暗沉
不一会儿就黑的发紫
我奉劝你去照一照
水面上的镜子
有一天，你也会被吓到
发出幽暗暗的水笑

黄长江

奶奶指甲上的月亮

拉着奶奶的手 我们发现

奶奶的指甲上有个月亮

我们告诉奶奶 奶奶忙

看了看手指 又看天上

说 月亮在天上

可是现在是白天

天上没有月亮

我们都认为 天上的月亮

来到了奶奶的指甲上

奶奶又看了看她的手指

说 月亮就在天上

不信 你们晚上再看

晚上我们看到了天上的月亮

可是再看奶奶的指甲

那月亮还在奶奶的指甲上

我们告诉奶奶 让她看指甲

她果然看到了指甲上的月亮

奶奶一阵呵呵的乐

说谁的指甲上没有月亮

我们都在自己的指甲上

看到了月亮 弯弯的月亮

屈金星

母亲的青丝也花白如芦雪

芦花又飞雪了
又老又病的母亲枯坐在轮椅上
手枯如芦柴
她再也不能絮软软的芦花枕了
母亲的青丝也花白如芦雪

而奶奶如雪的白发
已经化作庄稼地里的黑土
黑土沟畔的芦田里芦花如雪
恰如母亲的白发
那枝童年的芦管吹出思乡如血

母亲的新坟枕着凌乱的芦雪

母亲的棺木茬口

惨白如芦雪

当棺木抬出家门的时候

我心惨叫如吐血

当母亲的棺木埋下去的时候

麦地里新开的圹黑黑如铁

寒风吹走的纸钱化成一群群黑蝴蝶

母亲的新坟远枕着半沟凌乱的芦雪

卓儿

雨中的油画

雾霭蒙蒙的灰褐色天空
我撕下来
染得浓重
做我的油画背景

淅沥的雨丝
沾浸着我的情感
风中 哭泣的梧桐残叶战栗
飘摇着生命之旗

隐约地希冀
有人以一把伞或一只斗篷
邀约那凄淡的裙影同行
即使命运的画笔
早已把悲剧的格调写定

无　题

爱

有时是说

有时是不说

倘或一无声息

如沉船后静静的海面

其实也是默默地记得